Goosebumps®

Goosebumps®

Goosebumps®

雞皮疙瘩 4

古墓毒咒

The Curse of the Mummy's Tomb

R.L. 史坦恩（R.L.STINE）◎著

爲廉◎譯

Goosebumps 雞皮疙瘩

致台灣讀者

讀者們，請小心……

我是R．L．史坦恩，歡迎到「雞皮疙瘩」的可怕世界裡來。

你是否曾在深夜裡聽到過奇怪的嚎叫？你是否曾在黑暗中聽到腳步聲——卻根本看不到人？你是否見過神祕可怖的陰影，幽幽暗處有眼睛在窺視著你，或者身後有聲音叫你的名字？

如果是這樣，你應該了解那種奇特的發麻的感覺——那種給你一身雞皮疙瘩、被嚇呆的感覺。

在這些書裡，幽靈在閣樓上竊竊低語；膽顫心驚的孩子忽而隱形；稻草人活了，在田野裡走來走去；木偶和布娃娃也有生命，到處嚇人。

當然，這些都是磨礪心志的好玩的嚇人事。我希望你們感到害怕，同時也希望你們大笑。這都是想像出來的故事。當然，最可怕的地方在你們自己心裡。

過個害怕的一天吧！

RL Stine

出版緣起

人生從奇幻冒險開始

何飛鵬
城邦媒體集團首席執行長

我的八到十二歲是在《三劍客》、《基度山恩仇記》、《乞丐王子》中度過的。可是現在的小孩有更新奇的玩具、電玩、漫畫，以及迪士尼樂園等。

八到十二歲，正是孩子從字數極少、以圖畫爲主的繪本閱讀，跨越到漸漸以文字閱讀爲主的時期。也正是訓練孩子從圖像式思考，轉變成文字思考的重要階段。在這個階段，養成長期的文字閱讀習慣，能培養孩子敘事、分析、推理的邏輯思辨能力，奠定良好的寫作實力與數理學力基礎。

然而，現在的父母擔心，大環境造成了習於圖像、不擅思考、討厭文字的一代。什麼力量能讓孩子重回閱讀的懷抱呢？

全球銷售三億五千萬冊的「雞皮疙瘩系列」，正是爲了滿足此一年齡層的孩子的需求而誕生的！

無論是校園怪奇傳說、墓地探險、鬼屋驚魂，或是與木乃伊、外星人、幽靈、吸血鬼、殭屍、怪物、精靈、傀儡相遇過招，這些孩子們的腦袋裡經常出現的角色或想像，經由作者的生花妙筆，營造出一個個讓孩子們縱橫馳騁的魔幻時空、光怪陸離的神奇異界，經歷各種危急險難，最終卻又能安全地化險為夷。這樣的冒險犯難，無論男孩女孩，無不拍案稱奇、心怡神醉！

本系列作品被譯為三十二種語言版本，並在全球數十個國家出版，創下了出版史上多項的輝煌紀錄，廣受世界各地孩子的喜愛。作者史坦恩表示，這套作品之所以成功，是因為多年的兒童雜誌編輯工作，讓他對兒童心理和兒童閱讀需求有了深刻理解——他知道什麼能逗兒童發笑，什麼能使他們戰慄。

我們誠摯地希望臺灣的孩子也能和世界上其他的孩子一樣，有更豐富多元的閱讀選擇。更希望藉由這套融合驚險恐怖與滑稽幽默於一爐，情節緊湊又緊張的「雞皮疙瘩系列」，重拾八到十二歲孩子的閱讀興趣，從而建立他們的閱讀習慣，擁有一個快樂學習的童年。

現在，我們一起繫好安全帶，放膽體驗前所未有的驚異奇航吧！

專文推薦

戰慄娛人的鬼故事

國立臺北教育大學語文與創作系兒童文學教授
廖卓成

這套書很適合愛看鬼故事的讀者。

文學的趣味不止一端，莞爾會心是趣味，熱鬧誇張是趣味，刺激驚悚也是趣味。有人擔心鬼故事助長迷信，其實古典小說中，也有志怪小說一類，《聊齋誌異》就有不少鬼故事。何況，這套書的作者開宗明義的說：「這都是想像出來的故事」，不必當眞。

既然恐怖電影可以看，看鬼故事似乎也無妨；考試的書讀久了，偶爾調劑一下，對頭腦卻是有益。當然，如果看鬼片會連續失眠，妨害日常生活，那就不宜勉強了。

雋永的文學作品，應該有深刻的內涵；但不少兒童文學作品說教有餘，趣味不足。只要有趣味，而且不是害人爲樂的惡趣，就是好的作品。鮑姆（Baum）在《綠野仙蹤》的序言裡，挑明了他寫書就是爲了娛樂讀者。

倒是內行的讀者，不妨考校一下自己的功力，留意這套書的敘事技巧，由主角「我」來講故事，有甚麼效果？書中衝突的設計與化解，是否意想不到又合情合理？能不能有不同的設計？會不會更好？這是另一種引人入勝之處。

導讀

結局只是另一場驚嚇的開始

臺北藝術節藝術總監
臺北藝術大學戲劇系兼任助理教授
耿一偉

不知道大家還記不記得，小時候玩遊戲，比如捉迷藏等，都會有一個人要當鬼。鬼在這個遊戲中很重要，沒有鬼來捉人，遊戲就不好玩。這些遊戲的關鍵特色，不是人要去消滅鬼，而是要去享受人被鬼追的刺激樂趣。所以當鬼捉到人後，不是遊戲就結束，而是下一個人要去當鬼。於是，當鬼反而是件苦差事，因爲捉人沒有樂趣，恨不得趕快找人來替代。所以遊戲不能沒有鬼，不然這個遊戲就不好玩了。

在史坦恩的「雞皮疙瘩系列」中，這些鬼所扮演的角色也是類似遊戲中的鬼，給我帶來閱讀與想像的刺激。各位讀者如果留意一下，會發現在他的小說中，都有一個類似的現象，就是結局往往不是一個對抗式的終局，一種善惡誓不兩立，以消滅魔鬼爲最終目標的故事——這比較是屬於成人恐怖片的模式，不是你死，就是人類全部變殭屍。但「雞皮疙瘩系列」中，你的雞皮疙瘩起來了，可是結尾的時候，鬼並不是死了，而是類似遊戲一樣，這些鬼換了另一種角色，而且有下一場遊戲又要繼續開始的感覺。

礙於閱讀的樂趣，我無法在此對故事結局說太多，但各位看完小說時，可以再回想我在這裡說的，就知道，「雞皮疙瘩系列」跟遊戲之間，的確有類似性。換另一個角度來看，這些主角大多爲青少年，他們在生活中碰到的問題，如搬家面對新環境、男生女生的尷尬期、霸凌、友誼等，都在故事過程一一碰觸。

「雞皮疙瘩系列」令人愛不釋手的原因，也在於表面上好像主角是鬼，但讀到一半，你會感覺到，故事的重點不知不覺地從這些鬼怪轉移到那些被追的青少年身上，鬼可不可怕不是重點，重點是被追的過程中，一些青少年生活中的苦悶，也被突顯放大，甚至在故事中被解決了。所以你會在某種程度感受到，這本書的內容是在講你，在講你的生活，在講你的世界，鬼的出現，只是把這些青春期的事件給激化了。

另一個有趣的現象，是從日常生活轉入魔幻世界的關鍵點，往往發生在父母不在身邊，然後主角闖入不熟識空間的時候——比如《魔血》是主角暫住到姑婆家、《吸血鬼的鬼氣》是闖入地下室的祕道、《我的新家是鬼屋》是新家的詭異房間……等等。

因爲誤闖這些空間，奇怪的靈異事件開始打斷平凡無趣的日常軌道，一段冒險展開了，一場你追我跑的遊戲開始進行，而父母們往往對此毫無所悉，不知道自己的兒女在故事結束時，已經有所變化，變得更負責任，更勇敢。

「雞皮疙瘩系列」的意義，也在這個地方。在平凡無奇充滿壓力的青春期校園生活中，有那麼多不快樂、有那麼多鬼怪現象在生活中困擾著我們，但這無法跟家長說，因爲他們不能理解，他們看不到我們看到的。但透過閱讀，透過想像力所引發的鬼捉人遊戲，這些不滿被發洩，這些被學校所壓抑的精力被釋放了。

幸好有這些鬼怪的陪伴，日子不再那麼無聊，世界可以靠自己的力量改變。

終究，在青少年的世界裡，鬼怪並不是那麼可怕，在史坦恩的小說中，也往往會有主角最後拯救了這些鬼怪的情形，彷彿他們不是惡鬼，而比較像誤闖人類世界的外星人……這也是青少年的焦慮，他們正準備降臨成人世界，這件事讓他們起了雞皮疙瘩!!

這句英文怎麼說

我好渴。
I'm really thirsty.

1.

我凝視著大金字塔（註），覺得口乾舌燥。

也許是到處都是砂的關係，空氣又乾又熱，放眼望去土黃一片，綿延到看不見盡頭，甚至連天空看起來都乾巴巴的。

我抬起手肘推了一下媽媽的腰際，說：「媽！我好渴！」

「不要吵，等一下！」媽舉起一隻手遮住刺眼的陽光，專心盯著巨大無比的金字塔。

等一下？

等一下是什麼意思？

我口渴，我現在就想喝水！

有一個人從背後撞了我一下，並用一種我聽不懂的語言向我道歉。

我從來沒有想過，會有這麼多遊客跟我擠在一起看金字塔，我想這世界上有一半的人，今年都決定在埃及度過他們的耶誕假期。

「可是，媽……」我並不是要抱怨，可是喉嚨眞的很乾，「我眞的很渴！」

「我現在沒有辦法幫你找到喝的。」媽盯著金字塔說，「記住！你已經十二歲了，別像個四歲小孩一樣胡鬧！」

「可是，十二歲一樣會覺得口渴啊！」我嘟囔著：「空氣中到處都是砂，砂子都跑進我嘴裡，讓我好不舒服。」

「專心觀賞金字塔！這是我們來這裡的原因，而不是來喝水的。」媽已經不耐煩了。

「但是我快不能呼吸了！」我一邊喘氣，一邊握住喉嚨。

好吧，事實上我沒有眞的窒息。

我誇張了一點只是爲了吸引她的注意。

但是她拉低了草帽的帽緣，繼續盯著在烈日下閃閃發光的金字塔。

這句英文怎麼說

這是我們來這裡的原因。
That's why we came here.

我決定把目標轉移到爸爸身上。

就像往常一樣，他埋首在那些他總是隨身攜帶的旅遊手冊，我想他根本沒有抬頭看金字塔一眼，他總是錯過美麗的風景，因爲他經常頭也不抬的盯著旅遊手冊看。

「爸，我眞的好渴！」我壓低聲音，好像喉嚨眞的乾到說不出話來。

「哇！你知道這座金字塔有多寬嗎？」爸緊盯著書中一張金字塔的圖片問。

「我口好渴……爸！」

「蓋博，有兩百三十公尺寬。」他興奮的說：「你知道它是用什麼做成的嗎？」

我眞的很想對他說，這眞是一個蠢問題。

無論我們到哪裡旅遊，他總是考我幾百萬個像這樣子的問題，而我從來沒有答對過任何一題。

「某一種石頭吧？」我懶懶的回答。

「沒錯！」他對我笑了笑，又轉頭繼續看著他的書說：「是由石灰石做成的石灰石塊。書上寫說，有的石灰石塊重達一千噸。」

「哇！」我說，「比媽媽和你的體重加起來還重。」

他終於把目光從書本移到我身上，對我皺了皺眉頭說：「不好笑，蓋博！」

「只是開個玩笑。」我回答。

爸對於他的體重有點敏感，所以我總是藉機取笑他。

「你想古埃及人是怎麼搬運這麼重的石頭？」他又問。

顯然動腦時間還沒有結束。

我隨便猜。「用貨車。」

他大笑。「貨車？古時候沒有輪子。」

我舉起手遮擋陽光，抬頭凝望著金字塔。它眞的很大，比在照片上看起來大多了，而且也乾多了。

我眞的無法想像，沒有輪子，古埃及人是怎麼搬運這麼重的石頭橫越沙漠。

「我不知道。」我回答，「而且我眞的很渴。」

「事實上，根本沒有人知道他們是如何辦到的。」爸說。

也就是說，這是一道「腦筋急轉彎」囉。

這句英文怎麼說

這的確讓人興奮。
It was kind of exciting.

「爸！我眞的很想喝水。」

「現在不行。」爸瞇著眼睛看著金字塔說：「你不覺得它給我們一種很特殊的感覺嗎？」

「它讓我感覺很渴！」我試著再切回主題。

「我不是說這個。我的意思是，它給我一種特別的感覺，讓我想起我們的祖先——你跟我的祖先。蓋博，他們也許也曾經來過這裡，甚至幫忙建造過金字塔，這讓我覺得很興奮，你覺得呢？」

「我想是吧！」我回答。他是對的，這的確讓人興奮。

畢竟我們是埃及人，我的意思是，我的祖父母以及外祖父母都來自於埃及。他們大約是在一九三〇年左右移民到美國，我爸媽都是在密西根出生的，所以我們都很興奮能夠親眼看到這個屬於我們祖先的國家。

「說不定你舅舅——班，現在正在這座金字塔裡頭呢。」爸邊說，邊用一隻手遮住陽光。

翰斯班舅舅！我差一點忘了他，他是著名的考古學家，也是因爲他的大力推薦，我們才決定來埃及度假。另外，爸媽在開羅、亞歷山大港，以及其他城市有一些生意要談。

我爸媽自己在做生意，他們在賣冷凍設備，他們的生意並不是很有趣，不過有時候會到一些地方旅行，像是埃及，這時我就必須跟著他們。

我把目光轉到金字塔，心裡一邊想著班舅舅。

舅舅與他的工作人員正沿著大金字塔挖掘，我猜他們是希望能發現新的木乃伊。舅舅一直對我們祖先的家鄉非常著迷，他已經住在埃及好多年了。他是金字塔與木乃伊方面的專家，我甚至在《國家地理雜誌》上看過他的照片。

「我們什麼時候才會見到舅舅？」我拉著爸爸的手臂，可能太用力了，他的書掉了滿地。

我幫忙把書撿起來。

「今天不行。」爸爸扮了個鬼臉，他不喜歡彎腰撿東西，因爲他的肚子太大了不方便。「過幾天我們會和你舅舅在開羅碰面。」

「爲什麼我們不現在進金字塔去，看看他是不是在裡面？」我急切的問。

這句英文怎麼說

你們看到駱駝了嗎？
Do you see the camels?

「我們沒有被允許可以進去。」爸回答。

「看！是駱駝。」媽突然碰了碰我的肩膀，指著前方說。

又有一群人坐著駱駝來到這裡，其中有一隻駱駝似乎一直在咳嗽，我想牠也覺得口渴。

騎著駱駝的這群人是觀光客，他們看起來非常不舒服，而且似乎不知道接下來該怎麼做。

「你知道怎麼從駱駝上下來嗎？」我問爸爸。

他正瞇著眼睛注視金字塔的尖頂。「不知道！怎麼下來？」

「不要從駱駝上下來啊！」我說，「從鴨子上下來就好了。」

我了，我了。這實在是老掉牙的笑話。可是我和爸爸都樂此不疲。

「你們看到駱駝了嗎？」媽媽問。

「我又沒瞎。」我沒好氣的回答。

口渴總是讓我心情不好，再說，駱駝有什麼好讓人興奮的？牠們看起來很糟，而且聞起來像是我打完籃球後襪子的味道。

「你到底有什麼問題？」媽一邊問，一邊無意識的扯著她的草帽。

「我告訴過妳了，我口渴。」我不是故意讓聲音聽起來很生氣。

「這孩子，眞是的！」媽看了爸一眼，然後繼續觀看金字塔。

「爸，你想舅舅可不可以帶我們進去金字塔？」我興奮的問：「那一定很酷！」

「我想不可能吧。」爸把他的書夾在腋下，好讓他可以拿起望遠鏡來看。「我想眞的不太可能，那裡不許隨便進入。」

我掩飾不了失望的感覺。

我滿心期待的就是能和舅舅一起進入金字塔，發現木乃伊和古埃及寶藏，甚至與活過來捍衛他們祕密墳墓的古埃及人打鬥一番，然後來一場驚險的追逐，就像印地安那瓊斯一樣。

「恐怕你只能從外面欣賞金字塔了。」爸拿起望遠鏡，對著一片黃沙調整焦距。

「我已經欣賞過了。」我洩了氣似的回答：「現在可以去喝點水了嗎？」

這時的我完全沒有料想到，幾天之後爸跟媽會離開，而我卻進到了此刻他們正盯著看的金字塔裡面。

而且，不只是進到了裡面，嚴格的說，應該是困在裡面、被關在裡面——也許永遠都出不來！

註：「大金字塔又稱「古夫金字塔」，位於尼羅河西岸吉薩高原上，由埃及古王國第四王朝的古夫王（Khufu，又稱胡夫）於四千五百年前下令興建。所使用的花崗岩及石灰岩從尼羅河上游運送至此，當時動用十多萬人、費時二十三年才完成。塔高一百四十六公尺、寬兩百三十公尺，使用了兩百三十萬塊岩石砌建而成，最「輕」的岩石也有兩噸半重。古夫金字塔是世界上最大的金字塔，也是世界七大奇景之一。

這句英文怎麼說

我已經欣賞過了。

I've already appreciated it.

2.

我們開著一輛爸爸從機場租來的滑稽的車，從阿及拉回到開羅。這段路的距離並不遠，但是對我來說卻好像非常遙遠。

這輛車只比我那些老舊的遙控汽車大不了多少，每次車子一個顛簸，我的頭就會撞到車頂。

我隨身帶著電動玩具，但是媽把它收起來，好讓我仔細觀賞沿途尼羅河的景緻。尼羅河眞的非常的寬，也非常的黃。

「今年耶誕節，你們班上沒有人能像你一樣有機會看到尼羅河。」車窗外的熱風吹著媽的棕髮。

「我現在可以玩電動玩具了嗎？」

這句英文怎麼說

我們在旅館裡訂了一個套房。
We had a suite at the hotel.

你懂我的意思嘛，反正，河不就是河嗎？

大約一個多小時之後，我們回到開羅狹小擁擠的街上。爸轉錯彎開進一個不知名的市場，結果我們被一群山羊擋住去路，困在小巷子裡大約半個小時。回旅館之前，我沒喝到半滴水，我的舌頭腫得像香腸一樣大，幾乎要垂到地上，就像我家的艾維斯，牠是一隻可卡犬。

如果要我說埃及有什麼地方不錯的話，我想應該是他們的可樂，味道嘗起來跟美國原產的一樣，都是經典可樂，不是其他種類，而且老闆給我很多冰塊，讓我可以把冰塊咬得喀吱喀吱響。

我們在旅館裡訂了一個套房，有兩間房間以及客廳，從窗戶望去，可以看到對街上一棟特別高聳的玻璃帷幕高樓，就像你在任何一座大城市看到的景象一樣。

客廳裡有一部電視，但是講的都是阿拉伯文，反正節目看起來也不太有趣，主要都是一些新聞，唯一的英語頻道是CNN，不過也是播報新聞。

當我們正在討論要到哪裡吃晚餐時，電話突然響了。爸跑到房間去接電話，幾分鐘之後他把媽也叫了進去，不過我還是聽得到他們在討論一些事情。

他們說話的聲音非常小，我想他們應該是在討論一些有關我的事，卻不想讓我知道。

果然，就像以前一樣，我又猜對了。

幾分鐘之後，他們一起從房間裡出來，看起來有點憂心。閃過我腦海的第一個念頭是，奶奶來電通知，艾維斯出事了！

「怎麼了？」我連忙問：「誰打來的？」

「我跟你爸要立刻到亞歷山大港一趟。」媽在我旁邊的沙發上坐下來。

「什麼！亞歷山大？」我們原本計劃週末才去的。

「有一樁生意，」爸說：「有一個重要的客戶明天一大早想見我們。」

「我們必須在一個小時之內出發去搭飛機。」媽接著說。

「但是我不想走！」我從沙發上跳了起來，「我想要留在開羅見班舅舅，我想要和他一起去金字塔，你們答應我的！」

我們吵了一會兒，他們不斷勸我，告訴我在亞歷山大也可以看到許多有趣的

這句英文怎麼說

誰打來的？
Who called?

事，但是我不爲所動。

最後媽媽想到一個辦法，她走進臥室，我聽到她在打電話，幾分鐘之後她回到客廳，臉上露出了笑容，「我打電話給你舅舅。」

「眞的！金字塔裡頭有電話嗎？」我問。

「不是，我打到他在阿及拉住的小房子。」媽回答，「他說如果你願意的話，我跟你爸在亞歷山大港的這段時間，他可以照顧你。」

「萬歲！」事情終於變得比較有趣了。舅舅是我見過最酷的人之一，我簡直不敢相信他會是我媽的兄弟。

「蓋博，你自己做決定。」媽看了爸一眼繼續說：「你可以跟我們一起去，或是留在這裡和你舅舅在一起，直到我們回來。」

有些決定是不用多花半秒鐘去思考的。「我要留下來和舅舅在一起。」我大聲的說。

「還有一件事，」媽不知什麼原因微笑了起來：「還有一件事你也許要考慮一下。」

「無論如何我都選擇留在這裡。」我很堅持。

「莎莉也在放耶誕節假期。」媽說：「她也和你舅舅在一起。」

「慘了！」我大叫，跌坐到沙發上，雙拳猛捶墊子。

莎莉是班舅舅的女兒，我唯一的表姊，但是她非常的自負又傲慢。她和我同樣是十二歲，卻總認爲自己非常了不起。舅舅在埃及工作的時候，她就被送到美國的寄宿學校念書。

她很漂亮，而且她自己也這麼認爲。她也很聰明。上次我見到她的時候，她還比我高三公分。

去年耶誕節遇到她時，她一副自己是電玩高手的樣子，因爲她可以玩到「超級瑪利」的最後一關。可是這並不公平，我沒有升級版任天堂，只有普通版，所以根本沒有機會練習。

我想她喜歡我的主要原因就是，她可以在電玩或任何事上擊敗我。莎莉是我認識的人當中最好勝的，她一定要在每件事上都贏別人。就算她身旁有人得了流行性感冒，她也一定要是第一個被傳染的。

這句英文怎麼說

這表示你改變心意了嗎？
Does that mean you changed your mind?

「不要再搥墊子了！」媽說。她抓住我的手臂，也把我的思緒喚了回來。

「這表示你改變心意了嗎？你要跟我們一起走嗎？」爸問。

我想了一會兒之後宣佈：「我還是要留下來和舅舅在一起。」

「你不會和莎莉吵架嗎？」媽問。

「是她跟我吵架！」

「你媽和我要趕時間。」爸說。

他們離開客廳進房間收拾行李。我打開電視看了一些阿拉伯語的遊戲節目，參賽者一直在笑，我實在不知道他們在笑什麼，我完全聽不懂。

過了一會兒，爸媽拿著行李出來。「我們一定沒有辦法準時到達機場。」爸說。

「我已經跟你舅舅說好了。」媽撥了撥她的頭髮：「他會在一個小時之內到這裡。蓋博，你可以自己待在這裡一個小時嗎？」

「呃？」

我承認這算什麼回答，可是媽媽的問題真的嚇了我一跳。

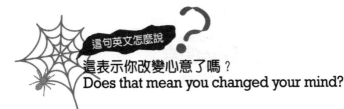

我的意思是，我從來沒想過爸媽會把我一個人，丟在一個我完全語言不通的陌生城市的大旅館內。我的意思是，他們怎麼可以這麼不負責任？

「沒問題，我會一直看電視等他來。」我回答。

「你舅舅已經在路上了，他跟莎莉會準時到的，我也打過電話給樓下櫃檯的經理，他會偶爾派人過來看看你。」媽說。

「提行李的人怎麼還沒來？」爸焦急的在門口走來走去。「我十分鐘前已經打過電話。」

「乖乖的待在房間等你舅舅。」媽對我說。她走到沙發後面，傾身向前捏了捏我的耳朵。不知道什麼原因，她認爲我喜歡她這麼做。「別亂跑！待在這裡等你舅舅。」她彎下腰來親了我的額頭一下。

「我保證不會亂跑的。」我答應她，「我會一直待在這裡，這個沙發上，哪兒都不會去，連洗手間都不會進去，可以嗎？」

「你就不能認真一點嗎？」媽搖了搖頭說。

這時，一陣敲門聲響起，一個駝著背，看起來連羽毛枕頭都拿不動的老先生進來幫忙提行李。

爸跟媽看起來非常擔心，抱了我好幾下，又再次叮嚀我別亂跑，然後就轉身關上門離開了。

一瞬間，屋內變得非常安靜。

寂靜無聲。

我打開電視讓房間熱鬧一點。遊戲節目已經結束，有一個穿著白色西裝的男士用阿拉伯語播報新聞。

「我不害怕！」我大聲對自己說，但是喉嚨卻不由自主的緊縮起來。

我走到窗邊往外看，太陽快要下山了，摩天大樓的倒影斜躺在街上和我們住的旅館上。

我拿起可樂吸了一口，但是可樂已經被冰塊稀釋，而且沒有氣了。我的肚子發出咕嚕一聲，我忽然覺得好餓。

我想要叫客房服務，不過想一想還是算了，萬一服務生只會講阿拉伯文，那我該怎麼辦？

我看了一下時鐘，七點三十分，希望舅舅快點來。

我並不害怕，只是希望他快點到。

好吧！我承認我是有點緊張。

我在房間裡走來走去，試著玩電動玩具打發時間，但是我沒有辦法專心，而且房間裡光線不足。

莎莉很會玩電玩遊戲，她打遍天下無敵手。我難過的想，他們現在在哪裡？爲什麼這麼久？

我的腦子裡冒出了許多嚇人的、恐怖的念頭：萬一他們找不到這間旅館怎麼辦？萬一他們弄錯，走到別家旅館怎麼辦？說不定他們發生嚴重的車禍被撞死了，那我只得日復一日的一個人待在開羅。

我知道，這些想法非常好笑。但是當你孤伶伶的待在一個陌生的城市等人的時候，腦海裡總會浮現一些類似的怪念頭。

我低頭一看，忽然發現我把我的木乃伊手從牛仔褲口袋拿了出來。

這個木乃伊手很小，很像是小孩子的手，用黃棕色紗布纏繞起來，是幾年前

這句英文怎麼說

他們應該到了。
They should’ve been here by now.

我在鄰居的二手拍賣會上買來的，我一直帶著它，把它當成幸運物。

將它賣給我的小孩說它是一個「召喚令」。他說，這個召喚令可以召喚鬼魂、惡靈之類的東西。其實我並不在乎他的話，我只是覺得一個才兩塊錢（美金），眞的很便宜，我的意思是，竟然能在二手拍賣會上找到這麼特別的東西，說不定它還眞的是木乃伊的手臂。

我不停的在客廳來回踱步，把它從左手丟到右手，又從右手丟到左手。電視機的聲音忽然讓我煩躁起來，於是我把電視關掉。

但是安靜的房間讓我更加緊張，我把木乃伊手丟向另一個手掌，又開始來回踱步。

他們到底在哪裡?他們應該到了啊。

我開始覺得我選擇錯了，也許我應該跟爸媽到亞歷山大港。

忽然，我聽到門口傳來一陣聲響，是腳步聲。

他們來了嗎？

我停下來仔細聆聽，盯著通向門口的狹窄通道。雖然燈光很昏暗，但是我看到門把在轉動。

我覺得不太對勁，如果是舅舅應該會先敲門，不是嗎？

門把繼續轉動著，門「咿呀」一聲被打開了。

「誰？」我想高喊，但是聲音卡在喉嚨。

班舅舅應該會先敲門，不會就這樣子闖進來。

門慢慢的、慢慢的打開，我盯著門，我在客廳裡動彈不得，發不出聲音來。

一個高大陰暗的身影站在門口。

我屏住呼吸，看到一個身影蹣跚的走進房裡。雖然燈光很昏暗，但我還是看得很清楚。

是一具木乃伊！

它慢慢的向前，僵直著身體朝我走來，它的手向前伸直，就像要抓住我。

我緊張得張大了嘴想要叫，但是卻發不出任何聲音。

這句英文怎麼說

一個高大陰暗的身影站在門口。
Standing in the doorway was a tall, shadowy figure.

3.

我後退了一步，再一步，下意識的拿起手上的木乃伊手，想用它把這個入侵者擊退。

當木乃伊蹣跚的走進有燈光的地方，我盯著它深深的黑眼圈，認出了它是誰。

「舅舅！」我大叫。

太過分了！我氣得把木乃伊手扔向他，木乃伊手撞到他纏著繃帶的胸膛彈了回來。

他爆出了狂笑，激動得倒在牆邊笑個不停。

接著，我看到莎莉從走廊上探出頭來，她也是笑個不停。

他們兩個似乎都覺得這個玩笑很有趣，但是我緊張得心臟狂跳不已，好像快從身體裡蹦出來。

「這一點也不好笑！」我生氣的大叫，握緊了拳頭不斷的深呼吸，試著讓自己平息下來。

「我告訴過你，會嚇到他的。」莎莉說。她走進房裡，帶著一個充滿優越感的笑容。

舅舅笑得太過激動，甚至笑到流眼淚。他是一個高大而且胸膛厚實的男人，他的笑聲甚至會讓房子搖晃。

「我應該沒有嚇到你吧，蓋博！」

「我早就知道是你。」我的心臟仍然狂跳不停，好像一個填充娃娃被抓得太緊。「我立刻就認出是你了。」

「才怪，你看起來嚇壞了！」莎莉說。

「我只是不想拆穿你們的惡作劇。」我一邊回答，一邊心想，他們怎麼看得出我很害怕。

這句英文怎麼說

我立刻就認出是你了。
I recognized you right away.

「你應該看看剛才你臉上的表情。」舅舅說完又笑個不停。

「我告訴過爸別捉弄你。」莎莉坐到沙發上，「我很驚訝旅館經理竟然會讓他穿成這個樣子進來。」

舅舅彎下腰把我扔向他的木乃伊手撿起來，然後說：「你已經習慣我的惡作劇了吧，蓋博？」

「是啊。」我避開他的眼睛。

其實我很氣自己，竟然會被他一身愚蠢的木乃伊裝扮給嚇到。從以前，他就總是戲弄我，一次又一次。

莎莉坐在沙發上得意的對著我笑，她一定知道，其實我心裡很害怕，根本是一個膽小鬼。

舅舅把纏在臉上的繃帶拉開，走向前把木乃伊手還給我。他問我：「在哪裡買的？」

「二手拍賣會。」我說。

當我正想問他這是不是眞的，他忽然抱住我，給我一個熱情的擁抱。纏在他臉上的麻布摩擦到我的臉頰，感覺非常粗糙。

「眞開心見到你，你長高了！」他柔聲對我說。

「快要跟我一樣高。」莎莉突然插嘴。

舅舅轉向莎莉對她說：「快來幫我把這些麻布拆掉。」

「我還滿喜歡你打扮成這個樣子。」她說。

「快過來幫忙！」

莎莉嘆了口氣站起來，用手撥了撥她及肩的長髮。她走向舅舅，把纏在他身上的繃帶拆掉。

「我承認我拿了一點木乃伊的東西。」舅舅伸出一隻手放在我的肩膀上，莎莉還繼續拆著他身上的繃帶。「但是，這是因爲我對金字塔的新發現實在太興奮了！」

「發生什麼事了？」我迫不及待的問。

「爸爸發現了一個新的埋葬密室。」莎莉搶在舅舅開口之前回答我。「他發現的這個部分，已經埋在地下好幾千年沒有被人發現。」

這句英文怎麼說

我沒有選擇的餘地。
I have no choice.

「眞的嗎？」我忍不住歡呼：「眞是太棒了！」

舅舅抿嘴笑了一下。「等你去看！」

「去看？」我不是很確定他的意思。「你是說，你要帶我進金字塔？」

我的聲音因爲太興奮而提高了八度，我想大概只有狗才聽得到，但是我不介意。我簡直不敢相信我會如此幸運，我眞的可以進去大金字塔裡頭，進去那個好幾千年都沒有人發現的密室。

「我沒有選擇的餘地。」舅舅無奈的說：「有誰可以幫我照顧你們兩個。」

「裡面有木乃伊嗎？」我忍不住問。「我們會看見眞正的木乃伊嗎？」

「你想念你的木乃伊嗎？」莎莉說，這是「莎莉式」的冷笑話。

我不理她。「舅舅，裡面有寶藏嗎？或是埃及人的遺跡？有沒有壁畫？」

「我們吃晚餐時再聊吧！」舅舅邊說，邊把身上最後的麻布拿下來。

在麻布裡頭，他穿著一件格子花呢的休閒襯衫，配上鬆垮垮的褲子。「走吧！我快餓死了。」

「我們比賽看誰先跑到樓下。」莎莉說，她冷不防的推了我一下，自己先衝

出了房間。

我們在旅館樓下的餐廳吃晚餐。餐廳牆壁上畫著棕櫚樹，四周放著許多小型的棕櫚樹盆栽。天花板上掛著大型木製的風扇正慢慢的旋轉著。

我們三個坐在一間大包廂裡，我跟莎莉坐在一邊面對著舅舅。我們看著菜單上一大堆菜名，上面寫著阿拉伯文以及英文。

「蓋博，仔細聽著。」莎莉說著，臉上堆滿得意的笑容，她開始大聲讀著阿拉伯文。眞是愛現。

穿著白色套裝的服務生端來一籃扁平的皮塔餅（註），以及一碗綠色的沾醬。

我點了一份總匯三明治和薯條，莎莉則是點了一個漢堡。

當我們吃晚餐時，舅舅又解釋了一些他在金字塔的新發現。他一邊說，一邊撕了塊皮塔餅：「你們可能知道，這座金字塔是建立在西元前二千五百年左右，大約是在古夫王時期。」

「這是當代最大的建築。」舅舅問：「你們知道金字塔底座有多寬嗎？」

這句英文怎麼說

請把番茄醬拿給我。
Pass the ketchup, please.

莎莉搖了搖頭問：「不知道，有多寬？」一邊問嘴巴還塞滿了漢堡。

「我知道。」我得意的說：「有兩百三十公尺寬。」

「嗯！沒錯。」舅舅顯然覺得很驚訝。

莎莉也驚訝的看了我一眼。

我對她吐了吐舌頭，開心的想終於扳回一城了，這都要感謝爸爸的導覽書。

「金字塔是建來當做皇室墓地的。」舅舅接著往下說，神情變得嚴肅起來。「法老將金字塔建造得非常巨大宏偉，如此一來，真正的埋葬密室就不容易被發現。古埃及人擔心會有盜墓者，他們知道會有人想要闖進來盜取陪葬的金銀珠寶，所以建造了許多的通道以及密室，讓侵入者搞不清楚哪裡才是真正埋葬的墓地。」

「請把番茄醬拿給我。」莎莉忽然打斷舅舅的話。我把番茄醬遞給她。

「莎莉以前就聽我說過金字塔的事情。」舅舅一邊說，一邊把皮塔餅沾了沾肉醬後放進盤子。「總之，我們這些考古學者決定，要找遍金字塔裡頭每一個通道跟密室。但是幾天前，我跟我的工作人員意外發現一個在圖表上沒有紀錄的通道。一個還沒有被發現、挖掘的通道。我們認爲也許這個通道可以通到古夫王眞正的墓地。」

「眞是太了不起了！」我忍不住大叫，「而且我跟莎莉可以親眼看見你找到墓地呢！」

舅舅咯咯的笑。「我還不確定，蓋博，也許我們要花好幾年的時間仔細尋找，但是明天我可以帶你們下通道去，然後你就可以告訴你的朋友，你曾經進去過古埃及的古夫金字塔。」

「我已經進去過了。」莎莉得意的說，她目光轉向我：「裡面非常的暗，說不定你會害怕。」

「不，我才不會！」我強調，「那是不可能的事！」

那天晚上，我們三個一起在旅館過夜，我躺在床上好幾個小時都睡不著，我想我是對於能夠進去金字塔感到太興奮了。我不停的想像，我們會發現木乃伊以及一大箱古代的金銀珠寶。

這句英文怎麼說

你的鞋帶鬆了。
Your sneaker's untied.

第二天一大早，舅舅把我們叫醒，開車前往在阿及拉外的金字塔。雖然才一大早，空氣卻已經濕濕黏黏的，太陽低低的掛在沙漠上，好像一顆橘色的汽球。

「到了！」莎莉大叫並指著車窗外。緊接著，我看到大金字塔從一片土黃色的沙漠彼端升起，好像海市蜃樓一般。

班舅舅對穿著藍色制服的警衛出示了一張許可證，然後我們就進入了金字塔後面一條隱密的小路。我們把車停放在其他轎車以及箱型車的旁邊，金字塔藍灰色的陰影正好籠罩住這個停車場。

我走出車外，興奮得心臟不停狂跳。我抬起頭來盯著大金字塔巨大陳舊的石頭，心想這座金字塔已經超過四千年歷史，而我即將要踏進四千年前建造的金字塔裡頭！

「你的鞋帶鬆了。」莎莉指著我的運動鞋說。

她還真知道怎麼把人拉回現實。

我彎下腰蹲在沙地把鞋帶綁好。不知道爲什麼，我左邊的鞋帶很容易鬆，即使繫上雙結也是一樣。

「我的工作人員已經在裡頭了。」舅舅告訴我們：「從現在起大家跟緊一點好嗎？不要亂跑。裡面的通道很像迷宮，很容易迷路。」

「沒問題。」我顫抖的聲音顯示出我的興奮以及緊張。

「爸，別擔心，我會看好蓋博的。」莎莉說。

她只比我大兩個月，爲什麼總愛表現得好像她是我的保母？

舅舅各給我們一把手電筒。「我們進去時，把它扣在你們的牛仔褲上。」他一邊說一邊教我怎麼做，然後看了我一眼說：「你不相信詛咒吧？你知道的，就是古埃及的詛咒。」

我不知道該如何回答，所以我搖了搖頭。

「很好。」舅舅笑著回答：「因爲我有一個工作人員說，我們闖進這個新的通道，就已經違反了一條古埃及法令，我們可能會遭到某些詛咒。」

「我們才不怕呢！」莎莉說。她嬉笑著推著舅舅朝向入口：「爸，快點進去。」

沒多久，我們踏進了一個從石頭中間鑿開的正方形小入口。我跟著他們穿過一個逐漸向下延伸的狹小通道。

這句英文怎麼說

突然間，氣溫驟降了好幾度。
The temperature dropped suddenly.

舅舅在前面帶路，用一支超大手電筒照亮前面的路。金字塔的地面很軟，鋪滿了沙子，空氣陰涼而潮濕。

「這些牆壁是花崗岩。」舅舅說著，一邊停下來刮了一下天花板的石頭：「所有的通道則是用石灰石建造的。」

突然間，氣溫驟降了好幾度，感覺上空氣更濕了。這時我才明白爲什麼舅舅要我們穿上毛衣。

「如果你害怕，我們現在還來得及回去。」莎莉說。

「我很好，沒事。」我立刻回她。

通道忽然結束了。一面白色泛黃的牆壁橫在我們面前，舅舅的手電筒照向地板上一個很暗的小洞。

「我們要往下走。」舅舅說，一邊低哼了一聲跪到地上，他轉身對我說：「恐怕沒有階梯通往這個新的通道，我的工作人員裝了一個繩梯，你要小心慢慢走，一次一步慢慢來，不會有問題的。」

「沒問題。」我回答，但是我的聲音卻有點顫抖。

「不要往下看。」莎莉說，「向下看你會頭暈，一不小心就掉下去了。」

「謝謝妳的提醒。」我說，並越過她，站在她前面。「我先下去。」我實在受夠了她的優越感，我決定讓她知道誰勇敢，誰不勇敢。

「不，讓我先下去。」舅舅伸出一隻手擋住我，「然後我會把繩梯照亮，幫助你下來。」

舅舅又發出一聲輕哼，挪了挪身體進到洞裡。他太高大了，幾乎擠不進去。他慢慢的順著梯子往下降。

莎莉跟我把頭靠向洞口，看著他往下走。繩梯很不穩，每當他小心翼翼的向下走一步，繩梯就前後不停的搖晃。

「這條路好長好難走。」我輕聲說。

莎莉沒有回答，在昏暗的燈光下，我可以看出她擔心的表情，她緊咬著下唇直到舅舅到達地面。

沒想到她也會緊張。

這對我可是一大激勵。

「好了！我下來了，蓋博，輪到你了。」舅舅對著我喊。

我轉身先伸出腳勾住繩梯，然後對著莎莉得意的說：「待會兒見！」

我把手向下探握住繩梯兩旁，當我往下滑時，我不禁大叫一聲。

「哇！」

繩子好粗，割傷了我的手。

一陣刺痛讓我不由自主的鬆開了手。

在我還沒有意識到發生什麼事的時候，我開始往下掉。

這句英文怎麼說

不要往下看。
Don't look down.

註：Pita，皮塔餅，中東一帶常食的一種扁圓形的餅，用大麥或小麥麵粉做成。

4.

突然間有一雙手抓住了我，在半空中握住了我的手腕。

「抓緊！」莎莉大叫。

她即時抓住我，讓我再度抓住繩梯。

「喔！喔！」我只能故作鎮定的哼了兩聲當做回答。爲了我寶貴的生命，我緊緊的握住繩子，等著心跳漸漸平復。我閉上眼睛動也不動，只緊緊的抓住繩梯，抓到手都疼了。

「救了你一命。」莎莉對著我說，她傾身靠近洞口，她的臉離我好近。

我張開雙眼往上看著她，並且感激的說：「謝謝妳！」

「不客氣。」她回答後便笑了出來，我想她也鬆了一口氣。

這句英文怎麼說

慢慢來。
Just take your time.

爲什麼不是我救她一命？我不禁懊惱的自問。

爲什麼我從來都當不了英雄？

舅舅從通道下方向上高喊：「蓋博，發生什麼事了？」

他宏亮的聲音讓整個石室回音不斷。他用手電筒的巨大光圈對著花崗岩壁來回探照。

「繩子割到我的手。」我向他解釋：「我沒想到……」

「慢慢來。」舅舅耐心的說：「記住！一次一步。」

「把手放低，不要摩擦繩子。」莎莉把臉探進了洞口對著我說。

「好了！我知道了。」我的呼吸慢慢的回復正常。

我深吸一口氣後握住繩子，然後小心翼翼的一步一步順著繩梯向下走。

沒過多久，我們三個已經站在通道地上，緊握著手電筒，隨著光線探視四周。

舅舅輕聲的說：「往這邊走。」因爲天花板很低，他彎著身體，慢慢的帶領我們朝右邊走。

我們的運動鞋輕輕踩在充滿沙土的地上。我看到一條通道朝向右邊，另一條通道朝向左邊。

舅舅說：「我們正呼吸著四千年前的空氣。」他把手電筒對著前面的地上。

「原來聞起來是這樣的味道。」我輕輕的對莎莉說，莎莉笑了出來。

空氣聞起來眞的很陳舊，很沉重、很潮濕，好像某個人家的閣樓。

通道轉向右邊之後變得寬闊了一點。

「我們越來越接近地心。」舅舅說：「是不是很像走下坡路？」

我跟莎莉輕聲應和。

「昨天爸跟我發現一個新的通道，然後我們在一個小房間裡發現一個木乃伊盒子，保存得非常好。」莎莉對我說。

「裡面有木乃伊嗎？」我連忙問。我眞的渴望見到一個眞的木乃伊，我家那邊的博物館有一具木乃伊，我經常盯著它看研究它。

「沒有，是空的。」莎莉回答。

「你知道爲什麼木乃伊沒有任何嗜好嗎？」舅舅忽然停下來問。

「不知道。」我回答。

「因爲它忙著把自己纏起來啊！」舅舅大聲回答，然後哈哈大笑。我跟莎莉勉強擠出一個微笑。

「千萬不要鼓勵他。」莎莉大聲的說，故意讓舅舅聽見，「他知道一百萬個有關木乃伊的笑話，不過都不好笑。」

「等一下！」我彎下腰綁緊又鬆開的鞋帶。

這段通道轉了彎之後變成兩條路，舅舅帶我們走左邊的通道，這條通道非常的狹窄，我們必須側身彎著頭，用鑽的才能夠穿越。走到最後通道終於變寬，我們來到了一個寬大、天花板很高的房間。

我站直了身，不用再彎著身體前進的感覺眞好，我開始環顧這個大房間。

遠處有一面牆，我看到那邊有好幾個人正拿著工具挖掘。一盞光線強烈的聚光燈連著攜帶式發電機，掛在上方的牆壁。

舅舅帶著莎莉和我走向他們，並且向他們介紹我們。這裡總共有四個工人，兩男兩女。

另外有一名男子手上拿著一個夾板站在一邊，他是個埃及人，穿了一身白

這句英文怎麼說

等一下。
Wait up.

衣，只有脖子上圍著一條紅色的手巾，一頭烏黑的直髮在背後紮成一個馬尾。他沒有走過來，只遠遠的看著我和莎莉，似乎在打量我們。

「阿翰，你昨天見過我的女兒，這是蓋博，我的外甥。」舅舅向他介紹說。

阿翰點了點頭，但是他沒有笑，也沒有說一句話。

「阿翰是來自一所大學。」舅舅降低音量向我們解釋：「他要求來觀察我們，我也同意。他話不多，不過千萬別跟他提到古埃及詛咒，他就是那個不斷警告我，說我有生命危險的人。」

阿翰點了點頭，還是沒有說話，他一直盯著我看。

我心想他真是個怪人。

我在想他會不會告訴我有關古埃及詛咒的事，我真的愛死了這類故事。

舅舅轉身詢問他的工作人員：「怎麼樣？今天有任何進展嗎？」

「我想我們已經非常接近了。」一個紅髮年輕男子回答。他身上穿著藍色粗布襯衫以及褪色的牛仔褲。他又補上一句：「我有預感！」

舅舅皺了皺眉頭說：「謝謝你了，昆西摩度。」

這句英文怎麼說

今天有任何進展嗎？
Any progress today?

所有的工作人員都笑了出來，我想他們都覺得這個笑話很好笑。

「昆西摩度是一個聖母院的鐘樓怪人。」莎莉用一種優越的口吻向我解釋。

「我知道，我知道。」我不耐煩的回答：「我曉得。」

「我們很可能完全弄錯方向。」舅舅一邊對著他的工作人員說，一邊伸手抓了抓他微禿的後腦勺。「通道也許是在那個方向。」舅舅指向右邊的牆說。

「不對！班，我想我們已經快要找到了。」一個滿臉都是泥巴的年輕女子說：「跟我來，我讓你看點東西。」

她把舅舅帶到一堆挖出來的石塊泥沙旁邊。舅舅拿起手電筒照亮她指的方向，然後往前靠近查看她所說的東西。

「真的很有意思，克莉斯汀。」舅舅一邊摸著下巴，一邊說，然後他們開始討論起來。

過了一會兒，又進來了三個工人，他們帶著圓鍬與鐵鎚。其中一個還拿著一些扁平鐵盒裝著的電器設備，看起來有一點像筆記型電腦。

我問舅舅那是什麼，但是他還在角落裡，和那個叫做克莉斯汀的工作人員討論事情。

莎莉跟我只好走回通道入口。

「我想他根本忘了我們！」莎莉不太開心的說。

我也這麼覺得。

我把手電筒拿高，照著高高的天花板。

「每次他下來和工作人員討論，就把所有的事都拋在腦後了。」莎莉嘆了口氣又說。

「我還是不敢相信，我們竟然眞的進到金字塔裡頭。」我說。

莎莉笑了。她伸出腳踢著地板。「你看，古代的泥土。」

「是啊！」我也開始踢著這些沙土。「我很好奇誰是上一個來到這裡的人，也許是埃及祭司，也許是法老，他們也許就站在這裡，在這個位置上。」

「我們去探險。」忽然莎莉說。

「嗯？」

她的黑眼珠閃耀著光芒，臉上露出了邪裡邪氣的表情。「小蓋博，我們走，

這句英文怎麼說

所有的通道都通向這間大房間。
All the tunnels lead back to this big room.

我們去看看其他的通道。」

「不要叫我小蓋博，」我說，「拜託，莎莉，妳知道我討厭人家這樣叫我。」

「對不起！」她道歉後又笑了出來說：「你要來嗎？」

「不行。」我看著舅舅，他好像正在跟那個拿著很像手提電腦的工人爭論一些事情。「妳爸說我們必須待在一起，他說……」

「他會忙上好幾個小時。」莎莉打斷我的話，她向後瞥了舅舅一眼。「他根本不會發現我們不見了。真的！」

「但是，莎莉……」

「而且……」她把雙手放在我的肩膀上推著我背向密室，繼續說：「他是要我們不要亂晃，不過我只是要帶你去看一條路。」

「我昨天才去探險過，」她用兩隻手推著我，「我們不會走太遠，你也不會迷路，所有的通道都通向這間大房間。真的！」

「我只是覺得我們不應該……」我一邊說，一邊看著舅舅，他現在蹲下來，用一種鐵錐挖掘著牆壁。

「放開我，」我說：「眞的，我……」

然後我就知道她會這麼說，當她想要達到目的時就會這麼說。

「你是膽小鬼嗎？」

「不是！」我堅決否認：「妳爸爸不是交代我們……」

「膽小鬼，膽小鬼，膽小鬼。」她開始做出小雞的模樣，眞的很討人厭。

「莎莉，夠了！」我故意讓我的聲音聽起來很凶，很嚇人。

「你是膽小鬼嗎？小蓋博！」莎莉繼續說，而且還用嘲笑的眼神看著我，好像她剛打了一場大勝仗。

「怎麼樣啊？小蓋博。」

「不要再這樣子叫我！」

莎莉盯著我看。

我做了個鬼臉之後對她說：「好吧！好吧！我們去探險。」

我的意思是，我還能說什麼。

「不過別太遠。」我加了一句。

這句英文怎麼說

你是膽小鬼嗎？
Are you chicken?

「別擔心。」她終於堆滿了笑容說，「我們不會迷路的，我只是要帶你去看我們昨天發現的通道。有一條通道牆壁上刻著奇怪的動物圖案，我想可能是某種貓科動物，我不是很確定。」

「眞的嗎？」我大叫，突然變得興奮起來。「我曾經看過浮雕的圖片，但是我從來沒有……」

莎莉說：「那也許是一隻貓，也許是一個人卻有動物的頭，看起來眞的很奇怪。」

「在哪裡？」我迫不及待的問。

「跟我來。」

我們兩個回頭看了舅舅一眼，他正蹲跪在地上，持續的敲打著石牆。然後我就跟著莎莉走出了房間。

我們擠過狹窄的通道，然後轉彎進入右邊較寬的通道。我感到有點猶豫，走在她身後幾步。「妳確定找得到路回來嗎？」我故意降低聲音問，免得她又笑我膽子小。

「沒問題。」她對我說：「手電筒拿高照亮地板，在這個通道另一端的盡頭有一個小房間，很精巧的房間。」

我們順著通道轉向右邊，接著出現兩條路，莎莉走向左邊的通道。

空氣變得比較溫暖，聞起來好像有許多人在這裡抽菸。

這條路比其他的通道都寬敞，莎莉加快了腳步，離我越越來越遠。

「嘿！等我一下。」我大叫。

我低頭一看發現我的鞋帶又鬆了。我大聲的抱怨了一聲，然後蹲下來把鞋帶重新繫好。

「嘿！莎莉，等等我。」

她似乎沒有聽到我說的話。

只見她手電筒的光線離我很遠，而且在通道中越來越弱。

忽然間莎莉不見了。

她的手電筒沒電了嗎？

不，我想可能是通道轉彎了，我想她只是走太遠離開了我的視線。

這句英文怎麼說

為什麼她不回答我？
Why didn't she answer me?

「嘿！莎莉。」我大叫：「等等我，等等我。」

我盯著前方黑暗的通道。

「莎莉？」

爲什麼她不回答我？

5.

「莎莉！」

整個長長迂迴的通道都是我的回音。

沒人回答。

我再叫了一聲，然後聽著我的回音一遍又一遍叫著她的名字，直到聲音消失。

一開始，我很生氣。

我知道莎莉又在打歪主意了。

她絕對不會回答，因爲她又想嚇我了。

她總是想要證明她比較勇敢，而我只是膽小的可憐蟲。

這句英文怎麼說

她總是想要證明她比較勇敢。
She had to prove that she was the brave one.

我忽然想起幾年前的另外一件事。莎莉跟舅舅來我們家做客，那個時候我們大約七、八歲。

我們在外面玩。天空灰濛濛的，好像會下一場傾盆大雨。

莎莉有一條跳繩，如同往常一樣，莎莉愛現的向我表現她多會跳繩。當然，輪到我的時候，我絆倒而且摔在地上，莎莉誇張的笑個不停。

我決定要報復她，於是我帶她到距離我家有幾條街遠的一間廢棄的老房子裡。附近的孩子都相信這是一間鬼屋，雖然爸媽警告過我們不要靠近，因爲它隨時可能崩塌非常危險，但是它的確是一個適合偷偷溜進去探險的地方。

我帶著莎莉到這間房子，告訴她這是一間鬼屋，然後我們從地下室窗戶溜進去。

屋子裡面更暗，而且外面開始下雨。這簡直太棒了，我敢打賭，莎莉一個人待在這間老房子一定會嚇得屁滾尿流。

至於我呢？當然不會覺得害怕，因爲我曾經進去過。

於是我們開始探險，我在前面帶路。

後來我們分開了，外面雷電交加。

傾盆大雨從破掉的窗戶打進屋裡。

我想該是回家的時候了，於是我大叫莎莉的名字，但是沒有人回答。

我聽到很大的撞擊聲。

我一直叫她的名字，但是還是沒有回應。我開始一間房間一間房間的尋找。

我不停的在屋子裡跑來跑去，找尋莎莉的下落。我怕得要命，我想一定發生了什麼可怕的事。

我在每個房間裡飛奔尋找，越來越害怕，卻還是找不到她。

我一直大叫她的名字，但是沒人回答。

我太害怕了，於是我驚慌失措的哭了起來。

我跑出房子衝進大雨中。

我在雷電交加的大雨中大哭，一路奔跑著回家。當我回到家時，全身都濕透了。

我跑進廚房，邊哭邊說莎莉在鬼屋中不見了。

這句英文怎麼說

我太害怕了。
I was so scared.

沒想到，她竟然就坐在那裡，坐在廚房的餐桌旁，很舒服而且全身乾淨的在吃著一大片巧克力蛋糕。臉上流露著沾沾自喜的神情。

現在，我凝視著漆黑一片的金字塔，我知道莎莉在重施故技。

她又想嚇我！

想讓我像上次一樣狼狽。

我想她這次打錯主意了。

我小心翼翼的穿越狹小的通道，將手電筒對著地板照亮路。不過沒有多久，我的憤怒變成了擔心，心中的疑問越來越多。

如果她這次不是對我開玩笑，如果她真的出事了，如果她是不小心踩空掉進一個大洞，我該怎麼辦？

或許她陷在另一個祕密通道裡，或許……我真的不知道。

我沒有辦法仔細思考。

我半走半跑的穿越彎彎曲曲的通道，每跨出一步，沙地上就會發出很大的聲響。

「莎莉！」我緊張的呼叫，已經不在乎我的聲音聽起來是不是很害怕。

她跑到哪裡去了？

她剛剛還在我前面不遠，至少應該還能夠看到她手電筒的光線才對呀！

「莎莉！」

這麼狹窄的地方她能藏在哪裡？還是我跟錯了通道？

不會。

我一直都順著這條通道走，我就是在這條通道發現她消失了。

我怎麼會說她消失了！我罵自己，千萬不能這麼想。

突然間這條狹窄的通道走到了盡頭，前面出現了一個小小的正方形房間。我立刻快速的移動光線檢視四周環境。

「莎莉？」

依然沒有任何動靜。

牆壁光禿禿的，空氣瀰漫著濕熱陳腐的味道，我不停的移動光線在地上尋找莎莉的腳印。這裡的地板似乎堅硬一些，沙土也比較少，到處看不到任何腳印。

這句英文怎麼說

那是一具木乃伊棺木。
It was a mummy case.

「哇！」當手電筒的光線照到一個靠在遠遠的牆邊的東西時，我忍不住輕呼了一聲。我的心狂跳不止，急切的向前走了幾步，並在距離那個東西只有幾步遠的地方停住了腳步。

那是一具木乃伊棺木。

一具很大，石頭製的木乃伊棺木，至少有八呎長。

棺木的形狀是長方形，四周的角是圓弧狀。我一步一步的接近，手電筒的光線直直照著棺木。

沒錯。

棺蓋上刻著一張臉，一張女人的臉，看起來像是我們在學校教材裡讀過的死亡面具。棺蓋上的臉張大著眼睛盯著天花板。

「哇！」我大叫一聲。這是一具真的木乃伊棺木。

棺蓋上刻著的臉一定曾經色彩鮮明，但是經過了幾十個世紀，顏色都已經褪盡了。現在棺蓋的臉呈現慘灰色，黯淡得像是死人的臉。

我盯著棺木看，非常的光滑漂亮。我想，不知道舅舅是否看過這具棺木，或者我是第一個發現它的人。

我很好奇爲什麼這個小房間裡只放了這具棺木，棺木裡面又有什麼？

我鼓足了勇氣伸手去摸光滑的石頭做的棺蓋，忽然棺木裡傳出了一些怪聲。

棺蓋慢慢的抬開來。

「啊！」我脫口大叫。

一開始我以爲是我在幻想。我全身僵硬，動也不能動，把手電筒緊緊的對著棺蓋。

棺蓋又升高了一點。

我聽到棺木內傳出一陣嘶嘶的怪聲，很像咖啡罐頭剛打開時，空氣洩出來的聲音。

我又輕呼了一聲，往後退了一步。

棺木又再升高了一點。

我再向後倒退一步。

手電筒掉到了地上。

這句英文怎麼說

一開始我以為是我在幻想。
At first I thought I had imagined it.

我抖著手撿起手電筒，將光線對著木乃伊棺木。

棺蓋已經抬開了大約三十公分。

我深深吸了一口氣就屏住不敢動。

我想要走，可是我害怕到僵在原地動彈不得。

我想大叫，可是我知道我根本沒有辦法發出任何聲音。

棺蓋發出吱吱嘎嘎的聲音，升得更高更高了。

我將手電筒向下移，對著棺蓋口，光線隨著我的手顫抖。

在這個黝暗古老的棺木裡，我看到一對眼睛正盯著我。

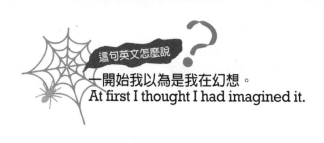

6.

我倒抽了一口氣。

我僵在那裡。

一股涼意沿著我的背脊往下竄。

棺蓋又慢慢的升高了一點。

一對眼睛盯著我，那是一雙冷酷的眼睛，邪惡的眼睛。

那是一雙遠古時代的眼睛。

我張大了嘴，甚至還搞不清楚怎麼回事，便放聲尖叫。

我用盡全身的力量大叫。

我沒有辦法轉身、沒有辦法跑，甚至沒有辦法動。棺木終於全部打開。

這句英文怎麼說

我倒抽了一口氣。
I uttered a silent gasp.

慢慢的……就像夢一樣，一個黑色的身影從木乃伊棺木起身爬了出來。

「莎莉！」

她臉上堆滿了得意的笑容，眼神閃爍著開心的光芒。

「莎莉！這一點也不好笑！」我好不容易才擠出力氣對她高聲大吼，聲音從牆壁彈了回來。

但是她笑得太激動了，根本聽不到我的話。

她誇張、輕視的大笑。

我氣瘋了，激動的到處找，想找個什麼東西扔她，但是什麼也沒有，地上甚至連一塊石頭都沒有。

我盯著她看，驚嚇的情緒還沒有辦法平復，我還是不停的喘氣。我真的討厭死她了，她竟然把我耍得團團轉，而我居然被嚇得像個小嬰兒似的驚聲尖叫。

我知道她永遠不會讓我有機會扳回一城的。

永遠不會。

「你應該看看你剛才的表情！」她終於停止大笑，「我真希望現在有一部照相機。」

我氣到不想回答，只是破口大罵。

我從長褲背後的口袋拿出了小木乃伊手，在手中不斷把玩著。每次我不高興時，就會這樣子把玩它，這麼做可以幫助我平靜下來。

我這時候覺得自己氣到永遠都無法平靜下來。

「我不是告訴過你，我昨天發現一個空的木乃伊棺木嗎？」莎莉說，一邊往後甩了甩長髮，「你不記得了嗎？」

我又大罵了一聲。

我覺得自己像是一個不折不扣的大笨蛋。

首先我被舅舅愚蠢的木乃伊裝扮嚇得半死，現在又被莎莉戲弄。

我暗暗發誓，無論如何我一定要報復。

她仍然對自己的惡作劇覺得非常好笑。「你臉上的表情……」

莎莉邊說邊搖著頭，又開始「吐槽」了。

「如果我像這樣嚇妳，妳也不會高興的！」我生氣的說。

這句英文怎麼說

你不記得了嗎？
Didn't you remember?

「你嚇不到我。」她回答，「我才不會那麼容易被嚇到。」

「哈！」

這是我目前能想到的最好反應，我知道一點也不高明，不過我已經氣昏了，不可能高明到哪裡去。

我想像我把莎莉舉起來扔進木乃伊棺木，蓋上棺蓋，把她鎖在裡面。就在這個時候，我聽到通道上有腳步聲越來越靠近。

莎莉的臉色也變了，她也聽到腳步聲。

幾秒鐘之後，舅舅走進這個小房間。雖然燈光很暗，我立刻就看出來，舅舅非常的生氣。

「我以為我信得過你們兩個。」舅舅咬著牙，氣沖沖的說。

「爸……」莎莉正準備說話。

舅舅立刻打斷莎莉的話，他說：「我相信妳不會沒告訴我一聲就到處亂跑，妳知道這裡有多容易迷路嗎？妳甚至有可能永遠都找不到路。」

「爸！」莎利又試著解釋：「我只是帶蓋博來看這個我們發現的房間。我們很快就會回去，眞的！」

「這裡有上百條通道。」舅舅完全不聽莎莉的解釋，餘怒未消的說，「或許有上千條，很多通道到現在都還沒有被發現，以前沒有人來過金字塔這個區域。我們不知道哪邊有危險，你們兩個不能自己到處亂跑，當我轉身發現你們兩個不見時，你們知道我有多緊張嗎？」

「對不起！」我跟莎莉兩人不約而同的說。

「我們走！」舅舅把手電筒指向入口：「你們今天的金字塔之旅到此結束。」

我們跟著他走進通道。我的心情糟透了，不只是因爲我被莎莉戲弄，還包括我竟然讓我最喜歡的舅舅如此生氣。

莎莉總是陷害我，從小就是這樣。

現在她走在我前面，和她爸爸手挽著手，她的臉靠到舅舅耳邊，似乎在告訴他一些事。他們兩個人突然大笑，然後轉身看著我。

我的臉唰的變得又紅又燙。

我知道她跟舅舅說了什麼。

這句英文怎麼說

我們今天要做什麼？
What are we doing today?

她一定是在告訴他，我被她的惡作劇嚇得尖叫的事。現在他們兩個都在笑我是一個大白癡。

「也祝你們耶誕快樂！」我心裡不是滋味的大叫。

結果他們笑得更大聲。

我們晚上住在開羅的旅館。我贏了莎莉兩場電玩遊戲，儘管如此，也沒有讓我覺得舒坦一點。

她不斷抱怨比賽不公平，因爲她沒有玩過這種最新的遊戲。逼得我只好把遊戲機收到房間，然後一起看電視。

第二天早上我們在房間吃早餐。我點了一份煎餅，可是他們的煎餅跟我以前吃過的完全不同，麵皮吃起來好硬，好像是用牛皮做的一樣。

「我們今天要做什麼？」莎莉問。舅舅雖然已經喝了兩杯咖啡，但是還是不停的打呵欠、伸懶腰。

「我在開羅博物館有一場會議。」舅舅回答，一邊看著手錶：「博物館距離這裡只有一條街，我開會時，你們要不要在博物館四處逛逛？」

「眞是令人興奮的提議！」莎莉挖苦的說，她喀滋喀滋的又吃了一瓢冷凍玉米片。

這裡的冷凍玉米片的包裝寫的是阿拉伯文，卡通影片裡的老虎湯尼也會說一些阿拉伯文，所以我很想帶那個空盒回去給我的朋友看，但是我知道如果我跟她說，她一定又會取笑我，所以我沒有提。

「蓋博，博物館有一場有趣的木乃伊展覽。」舅舅對我說，他想要倒第三杯咖啡，但是咖啡壺已經空了。「你會喜歡這個展覽的。」

「除非木乃伊從棺木裡爬出來。」莎莉說。

超冷的笑話，一點都不好笑。

我對她吐了吐舌頭，她則是朝我丟一片濕的玉米片。

「我爸媽什麼時候回來？」我問舅舅。我突然覺得很想念他們。

當他正要回答我的時候，電話鈴響了。舅舅走到臥室接電話，那是一具黑色老式電話，鍵盤還是用撥的。舅舅講電話時，臉上出現擔憂的表情。

這句英文怎麼說

當他正要回答我的時候，電話鈴響了。
He started to answer, but the phone rang.

「計劃改變。」舅舅掛上電話回到客廳後說。

「發生了什麼事？」莎莉推開了她的玉米片問。

「眞的非常奇怪！」舅舅抓著他的後腦說：「我有兩個工作人員昨天突然生病了，不知道是什麼病。」舅舅的表情變得非常憂心，若有所思，「他們被送到開羅的醫院就醫。」

舅舅拿了他的皮夾和幾件隨身用品，然後對我們說：「我想我最好立刻過去看看。」

「那我跟蓋博怎麼辦？」莎莉看了我一眼問。

「我大約只去一個小時，」舅舅回答，「你們兩個留在房間。」

「待在房間？」莎莉大叫，她的聲音聽起來好像在控訴她被處罰了。

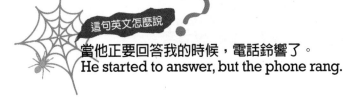

「好吧！如果你們想去走走的話，可以到樓下大廳，但是不可以離開旅館。」

幾分鐘之後，舅舅穿上夾克，再一次檢查他帶的皮夾和鑰匙，然後就急忙離開了。

莎莉跟我互相看了看對方。「我們接下來該做什麼？」我邊問，邊用叉子玩弄著盤子裡冷掉的煎餅。

莎莉聳聳肩：「這裡很熱嗎？」

我點點頭：「沒錯，大約有四十度。」

「我們得離開這裡。」莎莉站了起來。

「妳的意思是到樓下大廳？」我繼續用叉子將煎餅撕成好幾塊。

「不，我的意思是離開這裡。」她走到門邊的鏡子前梳起她的黑長髮。

「但是，舅舅說……」

「我們不會走太遠的。」她又連忙加了一句：「除非你害怕。」

我對她做了一個鬼臉，但是我想她沒有看到，因爲她正自戀的照著鏡子。

「好吧！」我對她說，「我們去博物館，妳爸說只有一條街的距離。」

我下定決心不再做膽小鬼。如果她想要違背她爸爸的話出去，我奉陪。從現在起，我決定要當個男子漢，絕對不再犯昨天的錯，絕對！

「博物館？」她做了一個鬼臉。「嗯……好吧！」她轉身看著我：「畢竟我們十二歲了，又不是小嬰兒，只要我們想出去就可以出去。」

這句英文怎麼說

我們得離開這裡。
We have to get out of here.

「是的，我們可以。我會寫一張紙條告訴舅舅我們去哪裡，以防他比我們早回來。」我走到書桌前拿起紙跟筆。

「小蓋博，如果你害怕，我們只要繞著旅館四周走一走就好。」她用一種嘲笑的聲音說著，並盯著我，等著看我有什麼反應。

「我才不怕呢！我們去博物館，除非妳害怕。」

「我才不怕呢！」她學我回答。

我又加了一句。「不要叫我小蓋博！」

「小蓋博！小蓋博！小蓋博！」她故意挑釁的說。

我寫了一張紙條給舅舅，然後坐電梯到大廳。我們問櫃檯一位年輕女子開羅博物館在哪裡，她告訴我們出了旅館後右轉走兩條街就到了。

當我們踏出旅館，面對強烈的陽光時，莎莉變得有點猶豫。「你確定你要這麼做？」

「會出什麼錯呢？」我回答。

7.

「朝這邊走。」我舉起手遮著刺眼的陽光。

「眞熱！」莎莉抱怨的說。

街道上擁擠又吵雜，我只聽到滿街的喇叭聲。

這裡的駕駛好像每一分鐘都按著喇叭，他們一發動車子，就按著喇叭直到目的地。

我跟莎莉靠得很近，在擁擠的人群中開出一條路往前進。各式各樣的人從我們身邊經過。

有些男人穿著美式西裝，旁邊則是一群穿著寬鬆白色睡衣的男子。

我們也看到一些女人，穿著鮮豔的褲襪以及時髦的裙子或寬鬆的長褲，就像

這句英文怎麼說

這裡好安靜喔！
It's so quiet in here!

美國街上到處可見的穿著。也有穿著牛仔褲的女人，後面跟著穿著黑色連身長裙，臉披黑色厚面紗的女人。

「這裡跟美國非常不一樣。」我大聲的說，希望音量能壓過喇叭聲。

我太專注在看狹窄的人行道上有趣的人群，以至於沒有注意看建築物。當我注意到時，我們已經站在博物館前面，一座高聳、石製的建築物矗立在街道上。

我們爬上階梯，進入博物館的旋轉門。

「哇！這裡好安靜喔！」我輕聲的說。能夠遠離擁擠的街道、吵雜的喇叭聲，以及喧鬧的人群眞的是太舒服了。

「你想他們爲什麼一直按喇叭？」莎莉摀著耳朵問。

「我猜可能是他們的習慣吧！」

我們停下來環顧四周，發現我們站在一個很寬敞的大廳中央，左右兩旁各有一座很高的大理石階梯，一條走廊通到後面，兩旁並列著白色的圓柱。牆壁上有一幅巨大的壁畫，上面畫著金字塔以及尼羅河的空景。

我們站在原地欣賞了一下壁畫，然後走到後面，去問詢問處的小姐木乃伊展覽室在哪裡？她給我們一個燦爛的微笑，用標準的英文告訴我們上樓梯後，向右走。

我們的運動鞋踏在大理石地板上發出很大的聲音。階梯似乎一直不停的往上伸，走到一半我就忍不住抱怨：「好像在爬山。」

「我們比看誰先爬到樓上。」莎莉一邊笑一邊說，我還來不及反應她就先跑了。當然她又贏了我大約十步。

我正在等她嘲笑我「蝸牛！」或是「烏龜！」，但是她卻已經轉身看著眼前的景象。

一間暗暗的、天花板很高的房間，向後延伸似乎看不到盡頭。一個玻璃陳列臺放在入口通道的中央，裡面是用木頭、黏土製作的一個作品。

我走近仔細看，這個作品是在描述上千名挖掘著巨大花崗岩塊的工人，橫越沙漠去建造金字塔。

這個陳列箱後面的房間展示著巨大的石像、木乃伊棺木、玻璃以及陶土製品，還有許多座陳列箱展示著眾多的工藝品及古代遺物。

這句英文怎麼說

你猜它是男的還是女的？
Think it was a man or woman?

「我想就是這裡了！」我高興的說，然後衝到第一個展示臺。

「那是什麼？好像一隻巨大的狗？」莎莉指著一個巨大的石雕問。

這隻動物有著凶猛的狗頭及獅子的身體，眼睛直直的盯著前方，彷彿隨時要撲向任何靠近的人。

「他們放這種動物在墓前。」我告訴莎莉，「對吧，爲了保護陵墓，嚇阻盜墓者。」

「就像看門狗。」莎莉說。

她走近一步，仔細端詳這個古代生物。

「嘿！這個棺木裡有一具木乃伊。」我靠近一個古代石製棺木：「看！」

莎莉一邊回頭盯著石像，一邊走到我身邊。「沒錯！是一個木乃伊。」她似乎一點也不驚訝，我想她大概已經看過很多木乃伊了。

「好小一具木乃伊。」我盯著緊緊纏著木乃伊頭部以及身體的泛黃麻布。

「我們的祖先縮水了。」莎莉說，「你猜它是男的還是女的？」

我看了一眼棺木旁的標籤：「上面寫是男的。」

「我猜他們以前不流行健身！」莎莉邊說，邊對自己的話覺得好笑。

「它們包得好精細。」我仔細看著手指上纏繞的布，竟然可以繞到木乃伊的胸部。「去年萬聖節我扮成一個木乃伊，我花了足足十分鐘才將身上的裝扮脫掉！」

莎莉發出嘖嘖聲。

「妳知道他們是怎麼製作木乃伊的嗎？」我問莎莉，然後繞到另一邊看。「妳知道他們第一件事要做什麼嗎？他們要先把腦拿出來。」

「喔！好噁心！別說了！」莎莉吐了吐舌頭，做了一個厭惡的表情。

「妳不知道嗎？」我很高興我知道這些她不知道的噁心資訊。

「拜託……夠了！」莎莉舉起手想要擋開我。

「不，這真的很有趣。」我還是繼續說，「腦必須要先拿出來，他們用很特殊的工具，一種長長的、細細的鉤子。他們把工具鑽進屍體的鼻子直到腦部，然後來回不停的絞，直到把腦給絞碎。」

「夠了！」莎莉一邊哀求，一邊摀著耳朵。

這句英文怎麼說

這都是真的。
It's all true.

「然後他們用長長的湯匙，一點一點的把腦挖出來。」我開心的繼續說。我用手做了一個挖東西的動作，「挖啊！挖啊！他們把腦漿從鼻子舀出來，或者把眼珠先挖出來，然後再把腦漿從眼洞裡吸出來。」

「蓋博，我是說真的！」莎莉大叫，她看起來似乎真的快要吐了，臉色發青！

我覺得太有趣了。

我從來不知道莎莉也有弱點，我剛剛說的話真的讓她噁心到極點了。

太美妙了！我在心裡歡呼。

我一定要好好記住這個方法。

「這都是真的。」我忍不住露出一個大大的笑容。

「閉嘴！」她嘟囔著。

「當然有時候他們不是從鼻子把腦取出來，他們有時候直接把頭砍斷，然後從脖子把腦挖出來，再把頭放回去，我猜只是把頭纏回去。」

「蓋博！」

我一直盯著她看，觀察她表情的變化，她看起來真的很不舒服，呼吸越來越重，我想她眞的快要把早餐給吐出來了。

如果她眞的吐了，我想她會終身難忘。

「眞的非常噁心！」她的聲音聽起來很滑稽，像是從水中冒出來似的。

「但是這些都是眞的，難道妳爸沒告訴妳他們是怎麼製作木乃伊的嗎？」

她搖搖頭。「他知道我不喜歡……」

「妳知道他們是如何處理腸子的嗎？」我實在很享受她驚嚇的表情。

「他們把腸子放在罐子裡頭，然後……」

忽然我發現莎莉大吃一驚的表情並不是因爲我。

事實上她是盯著我後方看。

「嗯？」我轉身看是什麼東西讓她如此驚訝。

只見一個男人走進房間，站在第一個展示櫃的前面。我一下子就認出來他是阿翰。

那個奇怪、安靜，紮著馬尾的埃及人。

來。

這句英文怎麼說

我轉身看到阿翰小跑步的跟在後面。
I turned and saw that Ahmed was jogging after us.

我們昨天在金字塔裡面時，他對我們的態度很不友善。

現在他還是穿著同樣的衣服，鬆垮垮的白罩衫，脖子上圍著一條暗紅色的手巾。他的表情仍然很不友善，甚至有點惱怒。

莎莉跟我同時倒退了幾步，然後阿翰看看我又看看莎莉，朝向我們走了幾步。

「蓋博，他跟蹤我們到這兒來。」莎莉小聲的說。

她抓著我的手臂，她的手涼得像冰塊。

「我們快走。」莎莉大叫。

我有點猶豫，我們該不該先停下來跟他打聲招呼呢？

但是看到阿翰臉上流露出嚴厲、凶悍的表情，讓我覺得莎莉是對的。

我們轉身，快步走進大房間內，莎莉走在我前面。

我轉身看到阿翰小跑步的跟在後面。

他高聲喊著，他的口氣聽起來非常生氣，像在威脅著什麼，我聽不懂他說的話。

「快跑！」莎莉大叫。

我們奮力往前跑，踩著大理石地板，腳步聲非常的大。

我們沒命似的狂奔，繞過前方一個巨大的玻璃箱，那裡頭放著三具直立的木乃伊，然後我們朝著比較寬的通道繼續跑，穿越兩旁的石像、古代陶器以及金字塔遺物。

「回來！別跑！」阿翰在我們背後凶惡的吼著。

他的聲音聽起來非常的生氣。

他奔跑的腳步聲，在空曠的房間裡也造成好大的回音。

「他越來越接近我們了！」我對在我前面幾步的莎莉高喊。

「這裡一定有路能夠出去！」莎莉上氣不接下氣的說。

但是我立刻發現並沒有出口，我們已經跑到了盡頭。我們在通過一個巨大的人面獅身像之後停了下來。

沒有任何路可以走了。

沒有通道，沒有出口。

一面堅固的花崗岩牆堵在面前。

我們轉身，看到阿翰的眼睛閃爍著勝利的光芒。

他將我們逼到牆角。

這句英文怎麼說

回來！
Come back!

8.

阿翰停在我們面前，距離我們只有幾步遠。他氣喘如牛，扶著腰大口吸氣，怒氣沖沖的盯著我們看。

莎莉看了我一眼，她的臉色蒼白，非常害怕的樣子。我們已經退到牆角，靠在牆邊。

我用力的吞了一口口水，喉嚨又乾又緊。

他究竟要做什麼？

「你們爲什麼要跑？」阿翰終於開口問，不過仍然手扶著腰，似乎有點抽筋：「爲什麼？」

我們沒有回答，只是盯著他，等著看他要做什麼。

這句英文怎麼說

你們為什麼要跑？
Why did you run?

「妳爸爸叫我來這裡找你們的。」他呼吸仍然有點急促的對莎莉說，接著他從脖子拿起紅色手巾擦額頭的汗。「你們爲什麼要跑？」

「我爸叫你來的？」

「是啊！妳認識我，我們昨天見過面，我不知道你們爲什麼要跑。」

「對不起。」莎莉連忙說，她充滿罪惡感的看了我一眼。

我回答：「我們沒有搞清楚。莎莉嚇我，於是我就跟著她跑。」

「是蓋博啦！告訴我一大堆有關木乃伊恐怖的事。」莎莉邊說，邊用她的手肘重重的撞了一下我的腰際：「都是他的錯，說一些恐怖的事嚇我，所以當我看到你時，我連想也沒想，就……」

我們兩個都有點語無倫次，不過也鬆了一口氣，還好他不是追我們，只是我們也爲自己狂奔的行爲覺得很不好意思。

「妳爸爸叫我來帶你們。」阿翰的黑眼珠盯著我：「我沒想到要在博物館裡，追著你們跑。」

「對不起！」我跟莎莉異口同聲的說。

我覺得自己眞是個白癡，我想莎莉也有這樣的感覺。

「爸爸回到旅館看到蓋博的留言嗎？」莎莉問，一邊用手把她的長髮撥順，並上前走了幾步。

「是的。」阿翰點頭。

「他怎麼這麼快就從醫院回來了。」莎莉看著手錶說。

「是啊。」阿翰又回答。「來吧！我帶你們回旅館，他正在等你們。」

我們安靜的跟著阿翰，莎莉和我並肩走在他身後。

當我們沿著長長的階梯走下樓時，我跟莎莉羞愧的互看了對方一眼，我們兩個都覺得，剛剛飛奔逃跑的行爲眞是愚蠢。

沒多久我們就回到擁擠、吵雜的街上。一條很長的車龍走走停停，每輛車從頭到尾都在按喇叭，駕駛們搖下車窗，一邊揮舞著拳頭一邊叫囂。

阿翰看了看我們，確定我們沒有走丟，然後他右轉帶著我們穿過人群。太陽高高掛在建築物的上方，空氣很濕熱。

「喂，等一等……」我叫他。

這句英文怎麼說

我們走錯路了！
We're going the wrong way.

阿翰回頭看了一眼，又繼續往前走。

「我們走錯路了！」我用力大叫，希望聲音能蓋過路邊一排菜販的叫賣聲。

我指向旅館的方向說：「旅館是往那個方向。」

「我的車在另一邊。」阿翰搖了搖頭。

「我們要開車回去嗎？」莎莉驚訝的說。

「才兩條街的距離耶！如果麻煩的話，我跟莎莉可以自己走回去，你不需要帶我們回去。」我對阿翰說。

「一點也不麻煩。」阿翰用力的將一隻手放在我肩上，另一隻手放在莎莉肩上，繼續帶著我們走向他的車子。

我們過了街繼續走。

街上的人變得更多更擁擠。有一個男人手拿著皮製手提箱，不小心撞了我的肩膀一下，我痛得哇哇大叫。

莎莉在旁邊偷笑。

「妳還眞有幽默感。」我挖苦的說。

「我知道。」

「如果我們走路回去的話，應該已經到旅館了。」我說。

阿翰一定聽到了我們的談話，因爲他連忙說：「再過一條街就看到車子了。」

我們快速的穿過人群。沒過多久，阿翰停在一輛小型的四門休旅車前。車子都是灰塵，駕駛座下的汽車輪胎擋泥板破破爛爛的。

他打開後座門，莎莉跟我坐了進去。「喔！」我哀叫一聲，車子的皮座椅被太陽曬得很燙。

「方向盤也很燙。」阿翰說，他爬上車，繫上安全帶，雙手試著摸了方向盤好幾次，想要習慣方向盤的灼熱。「他們應該發明一種車，當車沒開時也能保持車內涼爽。」

試了兩次之後，引擎發動了。阿翰把車開進車陣。

很快的，阿翰也不停的按著喇叭，車開得很慢，停停走走的穿過狹窄的街道。

「很奇怪，爸爲什麼不自己來接我們？」莎莉對我說，她眼睛盯著車窗外經過的人潮。

這句英文怎麼說

我們很快就會到了。
We will be there shortly.

「他說會在旅館等你們。」阿翰在前座回答。

他忽然急轉彎進入一個比較寬的街道，然後開始加快速度。

過了好一陣子我才發現我們完全走錯方向，距離旅館越來越遠。

「嗯……阿翰，我想旅館是在反方向。」我指著後車窗。

「我想你記錯了。」他輕聲的回答，然後繼續往前走，「我們很快就會到了。」

「真的不對！」我態度堅決的說。

我的方向感一向非常好，爸媽總是說有我在就不需要地圖了。通常，只要我一走錯方向我會立刻發覺不對勁。

莎莉轉頭看著我，她的表情變得有點緊張擔心。

「坐穩了，好好享受你們的旅程吧！」阿翰透過後照鏡盯著我：「你們繫好安全帶了嗎？最好現在就繫好吧！」

他的臉上帶著一抹微笑，但是音調很冷酷，語氣帶著威脅。

「阿翰，我們走得太遠了。」我突然害怕起來。

車窗外，街上的建築物越來越矮、越來越舊，我們似乎離市中心越來越遠。

「坐好，我知道該怎麼走。」阿翰不耐煩的說。

莎莉跟我交換了眼神，她看起來跟我一樣擔心。我們都知道阿翰在騙我們，他並沒有要帶我們回旅館，而是帶我們出城。

我們被綁架了！

這句英文怎麼說

我們被綁架了！
We were being kidnapped.

9.

我看到阿翰的眼睛透過後照鏡盯著我，我假裝要繫上安全帶。去拉安全帶時，我靠向莎莉小聲跟她說：「下一次他停下來的時候。」

剛開始她還不懂我的意思，但是後來我知道她明白了。

我們兩個緊張的坐著，看著門把，安靜的等待時機。

「妳爸爸非常的聰明。」阿翰從鏡子看著莎莉說。

「我知道。」莎莉細聲的回答。

車子速度忽然放慢，並且停了下來。

「就是現在！」我大叫。

我們兩個同時抓住門把，推開車門，跳出車外。

我前面、後面都傳來喇叭聲，也聽到阿翰驚訝的大叫。

車門敞開著，我轉身看到莎莉已經站在街上，她轉身大力關上車門，眼神充滿恐懼。

我們一言不發，拔腿就跑。

當我們衝進狹小的街道，喇叭聲似乎越來越大。我們並肩狂奔，順著狹小的紅磚道往前跑，彎進另一條路，兩旁都是高聳的白色灰泥建築。

我覺得自己像是迷宮裡的老鼠。

街道越來越窄，最後通到一個小圓環，那裡是一個小市集，擠滿了蔬果攤販。

「他跟來了嗎？」莎莉在我後面幾步大叫。

我轉身尋找著阿翰，看著市場上的人群。

我看到幾個人穿著白袍，有兩個穿著黑衣的女人走進市場，提著裝滿香蕉的竹籃，有一個小男孩騎著腳踏車突然轉彎，差一點撞到她們。

「我沒有看到他。」我對莎莉說。

但是我們繼續跑，以免他跟上來。

這句英文怎麼說

我沒有看到他。
I don't see him.

我這輩子從來沒有這麼害怕過。

我在心裡祈禱，拜託！老天爺，千萬別讓他跟上我們，千萬別讓他抓到我們。

我們轉過一個街角，發現來到一條寬敞、繁忙的大街。有一輛貨車經過，拉著一輛載滿馬匹的拖車，人行道上滿滿的都是生意人以及購物的群眾。

莎莉跟我奮力的穿越人潮，希望能藏身在人群之中。

最後我們終於停在一家百貨公司的門口。我們上氣不接下氣，我雙手扶在膝蓋上向前傾，希望能讓呼吸緩和下來。

「我們甩掉他了。」莎莉看了看後面說。

「是啊，我們安全了！」我高興的說。我對她笑，她卻沒有對我笑。

她看起來還是很害怕，繼續盯著人群看，一隻手緊張的揪著一撮頭髮。

「我們沒事了，已經擺脫他了。」我又說了一遍。

「只是還有一個問題。」莎莉的眼睛繼續盯著街上朝我們湧來的人群。

「嗯？問題？」

「我們迷路了！」莎莉終於轉身面對我，「我們迷路了，蓋博，我們根本不知道現在在哪裡！」

我突然感到胃部一陣抽痛，我害怕得想大叫，但是我告訴自己要鎮定。

莎莉一向表現得很勇敢，永遠是贏家，我總是輸給她，但是現在我看得出來她眞的很害怕，所以現在是我表現的機會，我要讓她知道誰才是眞正的強者。

「沒問題的。」我告訴她，抬起頭來注視著高大堅固的玻璃帷幕建築，「我們只要向路人問一下旅館的方向。」

「但是沒有人會說英文！」莎莉的聲音聽起來像是快哭出來了。

「嗯……我想沒有問題。」我的語氣變得有點不確定：「我相信總有人……」

「我們迷路了。」莎莉搖著頭，可憐兮兮的說：「徹底的迷路了！」

忽然我看到解決我們問題的方法就停在街角。一輛計程車，有一輛空計程車停在路邊。

「來吧！」我拉著莎莉的手臂，把她拖到計程車邊。只見一個瘦瘦的年輕駕駛，嘴唇上留著小鬍子，一頭黏黏的黑髮，頭上帶著一頂灰色的小帽。當我跟莎莉跳進車子後座時，他嚇了一跳。

這句英文怎麼說

請帶我們到開羅大飯店。
Please take us to the Cairo Center Hotel.

「麻煩請到開羅大飯店。」我邊問邊看莎莉，確定我沒說錯。

駕駛木然的盯著我看，好像不了解我說的話。

於是我放慢速度再說了一遍：「請帶我們到開羅大飯店。」

計程車駕駛突然頭往後仰，張大嘴笑了起來。

10.

駕駛一直大笑，笑到流出眼淚。

莎莉抓著我的手臂小聲的說：「他是阿翰的手下。」她的手緊緊的捏著我：「我們掉進他們的陷阱了！」

「啊？」我覺得胸口一陣刺痛。

我不認爲她是對的。

她怎麼可能是對的！但是我也不知道還有什麼其他的可能。

我伸手去拉門把準備下車，但是駕駛伸出一隻手想要阻止我。

「蓋博，快走！」莎莉從後面用力推我。

「開羅大飯店？」駕駛突然開口，他邊說邊用手指拭去眼角笑出來的淚水。

這句英文怎麼說

我不認為她是對的。
I don't think she was right.

然後他指向前面的擋風玻璃說：「開羅大飯店？」

莎莉跟我順著他手指的方向看。

原來飯店就在那裡，就在對街。

他又放聲大笑。

「謝謝！」我邊說邊立刻跳下車。

莎莉跟在我後面下車，她的臉上終於露出開心的笑容。

「我一點都不覺得好笑，那個駕駛的幽默感太奇怪了。」我說。

我轉過身看，發現計程車駕駛仍然盯著我們看，臉上依舊是滿滿的笑容。

「走吧！」莎莉催促我，她拉著我的手臂：「我們必須告訴爸有關阿翰的事。」

但是出乎我們的意料，房間裡空空的沒有人，我留的紙條還放在桌上，房間跟我們離開時一模一樣，根本沒人進來過。

「爸根本還沒回來。」莎莉拿起字條在手中揉成一團，「阿翰從頭到尾都在說謊。」

我嘆了一口氣，跌坐到沙發上，悶悶的說：「到底發生了什麼事？我眞的不懂！」

當房間門突然被推開時，我跟莎莉同時叫了出來。

「爸！」莎莉衝向舅舅，用力抱住他。

我眞的很開心推開門的是舅舅，而不是阿翰。

「爸，發生了非常奇怪的事……」

舅舅摟著莎莉的肩膀，和莎莉一起走進房間走向沙發，他臉上露出困惑的表情。

「是啊，眞奇怪！」舅舅搖著頭喃喃的說：「我的兩個工作人員……」

「他們還好嗎？」莎莉問。

「不太好。」舅舅坐在椅子扶手上，眼睛緊盯著前方卻沒有眞正看著我。「他們兩個……好像被什麼東西嚇到，我想這是唯一的解釋。」

「他們發生意外了嗎？在金字塔裡頭？」我連忙問。

舅舅抓了抓他微禿的後腦勺。「我眞的不太清楚，他們兩個都不說話，好

這句英文怎麼說

他們發生意外了嗎？
They were in an accident?

像……說不出話。我猜是什麼東西或是什麼人嚇到他們了，嚇到他們說不出話來，醫生們也束手無策，他們說……」

「爸，阿翰剛剛差一點綁架我們。」莎莉忽然緊緊抓住舅舅的手，打斷他的話。

「什麼！阿翰？」他瞇起眼睛，困惑的皺起眉頭，「這是什麼意思？」

「阿翰，就是在金字塔裡的那個傢伙，他總是穿著白衣服、圍著一條紅色手巾，拿著挖掘的工具。」莎莉解釋。

「他告訴我們，你派他來接我們，他到博物館……」我說。

「博物館？」舅舅忽然起身：「你們跑到博物館做什麼？我告訴過你們……」

「我們想出去走走。」莎莉邊說，邊將手放在舅舅的肩膀上，想要安撫他，「蓋博想要看木乃伊，所以我們去博物館。但是阿翰忽然出現，把我們帶到他的車上，他說要帶我們回旅館找你。」

我接著說：「但是他根本不是帶我們回旅館，所以我們就跳車自己跑回來。」

「阿翰？阿翰？」舅舅一直重複唸著這個名字，似乎不敢相信這件事。「他帶著非常好的推薦函以及證明文件來找我，他是一位譯解密碼的學者，專門研究古埃及，他對我們發現的壁畫以及牆上的文字和符號很有興趣。」

「那他爲什麼要來抓我們？」我問。

「他要帶我們去哪裡？」莎莉問。

「我不知道。」舅舅說：「不過我絕對要查出原因。」他抱住莎莉：「太奇怪了！你們兩個沒事吧？」

「我們沒事。」我回答。

「我必須去金字塔一趟。」舅舅放開了莎莉走到窗邊，「我讓工作人員放假一天，但是我必須進去金字塔底部。」

一大片雲遮住了太陽，房間頓時變得很昏暗。

「我會先幫你們點一些客房服務，你們兩個可以待在這裡直到我晚上回來嗎？」舅舅看起來滿腹心事。

「不行！你不能把我們留在這裡。」莎莉大叫。

「爲什麼我們不能跟你一起去？」我問。

「對，我們跟你一起去。」莎莉大聲說，不給舅舅回答的機會。

這句英文怎麼說

太危險了！
Too dangerous.

他搖搖頭。「不行，太危險了。」舅舅又瞇起眼，看看我再看了看莎莉，「你們待在這裡，等我找出我的工作人員到底發生了什麼事……」

「但是爸，如果阿翰又跑過來怎麼辦？」莎莉大叫，聲音聽起來很害怕，「如果他跑到旅館來我們該怎麼辦？」

舅舅皺起眉頭，喃喃的說：「阿翰，阿翰……」

「你不可以把我們留在這裡！」莎莉又說。

舅舅看著窗外越來越暗的天空。「我想你們是對的，我想我必須帶著你們。」他終於說。

「耶！」莎莉跟我都鬆了一口氣。

「但是你們必須保證絕對會緊跟著我。」舅舅指著莎莉嚴肅的說，「我是說眞的，不可以再到處亂跑，也不可以惡作劇、開玩笑。」

我看到舅舅完全不同的一面。雖然他是一位知名的考古學家，但是他一直是我們家族中最愛惡作劇的人。

不過現在他眞的擔心。

非常的擔心。

在這個駭人的祕密解開之前，不可以惡作劇。

我們在旅館樓下的餐廳吃了三明治，然後開車穿越沙漠前往金字塔。

一路上，厚重的烏雲遮住了太陽，沙漠覆蓋著濃濃的陰影，把沙漠染成一片灰藍色。

又高又大的金字塔慢慢的出現在地平線上，當我們行駛在幾乎沒有任何車輛的公路上，漸漸靠近金字塔時，金字塔似乎也變得越來越大。

我想起第一次看到金字塔，不過是幾天前的事，真是壯觀的景象啊！

但是現在，透過擋風玻璃看著它，我只覺得害怕。

舅舅把車停在靠近金字塔後面的入口。我們踏出車外時，陣陣強風捲起地上的沙土，在我們腳邊形成一股小旋風。

舅舅在進入通道前，伸出一隻手攔住我們。

「聽著，」他從背包裡拿出裝備，交給我跟莎莉，「把裝備繫好。」

這句英文怎麼說

我的幸運物。
My good luck charm.

他交給我們一人一個呼叫器，「只要按一下底部，它就會呼叫我。」他邊說邊幫我把呼叫器繫在皮帶上。「這是一種傳訊偵測器，只要按一下底部的按鈕，就會發送信號到我戴的呼叫器，我就能隨著聲波追蹤到你們。當然我不希望你們用到它，我希望你們跟緊一點。」

他交給我一支手電筒，「小心走，」他指導我，「把燈光保持在你腳前方的地上。」

「爸，我們知道，」莎莉說，「你上次就教過我們了。」

「記住我的話。」舅舅的態度非常嚴肅，然後轉身進入黑暗的金字塔入口。

我停在入口前拿出我的小木乃伊手，我只是想確定一下我有帶著它。

「你在做什麼？」莎莉對我做了一個鬼臉。

「我的幸運物。」我把它放進褲子口袋。

莎莉哼了一聲，嘻鬧似的把我推進金字塔入口。

幾分鐘之後，我們再一次小心翼翼的抓著繩梯下到第一個狹窄的通道。

舅舅在前面帶路，來來回回的揮舞著手中的手電筒，好照亮前方的路。莎莉在他後面幾步，而我跟在莎莉的後面。

這一次，通道似乎變得更低、更狹窄，不過我想是我的心理作用。

我緊緊抓著手電筒，將光線瞄準前面的地上，低著頭以免撞到天花板。

通道彎向左邊然後向下傾斜，就在這裡出現了叉路，我們順著右邊的路走，四周非常安靜，唯一的聲音是我們踏在乾燥沙地上的腳步聲。

舅舅忽然咳嗽。

莎莉也說了些話，不過我聽不清楚，我停下來照著天花板上的一堆蜘蛛，他們兩個在我前面幾公尺遠。

我把光線移到地上，發現鞋帶又鬆了。「我的天啊，又來了！」

我停下來繫鞋帶，手電筒放在旁邊的地上，我大叫：「喂！等一下！」

但是他們不知道在爭執什麼，我想他們並沒有聽到我在叫他們。他們說話的回音在長長蜿蜒的通道中迴盪，但是我卻聽不清楚他們在說什麼。

我快速的將鞋帶打了一個雙結，抓起地上的手電筒站起來。

「喂！等我一下！」我不安的大叫。

這句英文怎麼說

我聽不到他們的聲音了。
I couldn't hear their voices anymore.

他們去哪裡了？

我發現我聽不到他們的聲音了。

我心想，這不會又發生在我身上吧！

「嘿！」我呼喊的回音在通道中迴盪，但是沒有任何回應。

「等等我！」

又來了！舅舅的老毛病。

他們太專心在討論事情，竟然把我給忘了。

我覺得自己生氣多過於害怕，舅舅事前再三叮嚀要大家跟緊一點，現在他竟然把我一個人留在通道。

「嘿！你們在哪裡？」我大叫。

沒有回應。

11.

隨著前面地上的光線，我低著頭跑了起來，沿著通道向右邊急轉彎。

漸漸的，通道變成向上爬，空氣變得濕熱，聞起來有股霉味，我開始大口喘氣。

「舅舅！莎莉！」

我告訴自己他們一定在下一個轉彎處，綁鞋帶沒有花多少時間，他們不可能走太遠。

忽然有一個聲音，我停了下來。

再仔細聽。

一陣寂靜。

這句英文怎麼說

有可能。
It could be.

我剛剛有聽到聲音嗎？

突然一個念頭閃過我的腦海，難道他們又在惡作劇了？舅舅跟莎莉會不會正躲在某個地方看我的反應？

難道這又是他們想要嚇我的爛把戲？

有可能。

舅舅總是忍不住想要捉弄別人，當莎莉告訴他是如何躲在木乃伊棺木中，把我嚇得半死的時候，舅舅笑得像隻土狼。

他們現在說不定正躲在某一個木乃伊棺木中，等著我經過。

我的心狂跳不停，雖然通道溫度非常高，我卻覺得全身發冷。

不會，這不可能是惡作劇。

今天舅舅太嚴肅、太擔心他病倒的工作人員，也很擔心阿翰的事情，他絕對不會有心情惡作劇。

我又沿著通道往前走，當我開始往前跑，我伸手碰了碰我腰上的呼叫器。

我應該按呼叫器嗎？

不，我決定不要。

這只會給莎莉一個嘲笑我的好機會，她會迫不及待的告訴每一個人，我進入金字塔還不到兩分鐘就用呼叫器求救！

我轉個彎，通道越來越窄，兩邊牆壁似乎都快壓向我。

「莎莉？舅舅？」

沒有回音，也許這條通道太狹小了，沒有辦法產生回音。

地板越來越硬，幾乎沒有沙子。在昏黃的燈光下，我看到花崗岩牆壁上有著不規則的裂痕，它們看起來很像是天花板上打下來的閃電。

「喂！你們在哪裡？」

當通道分成兩條路時，我停了下來。

我忽然明白我有多麼害怕。

他們兩個去哪裡了？

他們現在應該已經發現我沒有跟上來。

我盯著兩條路，用手電筒照了照左邊，再照了照右邊。

這句英文怎麼說

我聽到一些聲音。
I heard something.

他們究竟走哪一條路？

哪一條？

我的心怦怦的狂跳個不停，我跑進左邊的通道，然後大叫他們的名字。

沒有人回答。

我很快的跑了出來，燈光照著地上，我走進右邊的通道。

這個通道比較寬，天花板也比較高，逐漸彎向右邊。

「像迷宮一樣的通道」，舅舅是這樣形容金字塔的，他曾經告訴我這裡或許有上千條的通道。

上千條！

我強迫自己繼續往前走。

蓋博，繼續向前！

他們就在前方不遠的地方。他們一定就在那裡！

我向前走了幾步，大聲叫著他們。

我聽到一些聲音。

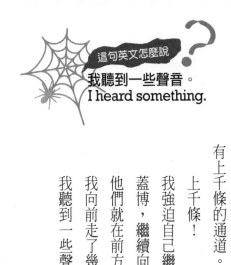

有聲音？

我停下來，四周又變得非常安靜，寂靜無聲。安靜到我聽見了自己的心跳聲。

又有一陣聲響。

我屏住氣，仔細聆聽。

一陣吱吱喳喳的聲音，不是人類發出的聲音，也許是昆蟲或是老鼠。

「舅舅？莎莉？」

一片安靜。

我向通道走了幾步，又往前幾步。

我決定我最好還是放下尊嚴呼叫他們。

被莎莉取笑又怎麼樣？

不行，我已經害怕到不在乎了。

只要我呼叫他們，他們很快就會找到我。

但是當我正伸手碰到腰上的呼叫器時，忽然被一陣很大的聲音嚇到。

昆蟲吱吱喳喳的聲音變成陣陣的碎裂聲。

這句英文怎麼說

我低頭看著地板。
I turned my eyes to the floor.

我停下來聽，心中充滿恐懼。

碎裂聲越來越大。

聽起來很像是有人把餅乾分成兩半的聲音。

聲音越來越大，越來越巨大。

就來自我的腳底下。

我低頭看著地板。

燈光照著我的鞋子。

過了好一陣子，我才明白發生了什麼事。

這條古老通道的地板即將在我腳下裂成兩半。

碎裂的聲音越來越大，彷彿來自四面八方，環繞在我的四周。

就在我知道發生什麼事的時候，已經太晚了。

我感覺似乎被一股強大的力量向下拉，向下吸。

我腳底下的地板一分爲二，接著我就往下掉。

不斷的往下掉，向下墜，跌落無止盡的黑洞。

我張大了嘴，卻發不出任何聲音。

我雙手揮舞著想要抓住些東西，但是徒勞無功。

我閉上眼睛向下掉。

不斷下墜、下墜，掉入黑色的漩渦。

這句英文怎麼說

我聽到手電筒鏗鏘一聲撞到地板。
I heard the flashlight clang against the floor.

12.

我聽到手電筒鏗鏘一聲撞到地板。

接著我也跌到地上，重重的落下來。

我側著身撞到地面，全身一陣劇痛，眼前一片紅色。

一道紅光越來越亮，我不禁閉上眼睛。

我想是跌下來的強烈碰撞讓我昏過去一會兒。

等我張開雙眼，發現眼前一片模糊、灰灰黃黃的，我側邊的身體好痛，右手肘一陣一陣的抽痛著。

我試著移動手肘，似乎沒有什麼問題。

我坐直身體，暈眩感逐漸退去，就好像一個簾子慢慢被升了起來。

我在哪裡？

一股酸臭味傳進我的的鼻孔，那是一種腐爛的味道、古埃及塵土的味道或死亡的味道。

手電筒掉落在我旁邊的地板上，我順著手電筒的光線看過去，那是一面牆。

我倒抽了一口氣。

光線竟然停在一隻手上。

一隻人的手。

這隻手連著一段手臂，手臂後是一副僵直、彎曲的身體。

我的手不禁抖了起來，我抓起手電筒直直照過去。

我看清楚了，那是一具木乃伊，站立在遠處的牆邊。

沒有眼睛、沒有嘴巴，被繃帶綁著的臉似乎正瞪視著我看，好像正好整以暇的等著我做出反應。

這句英文怎麼說

我在哪裡？
Where was I?

13.

一個木乃伊？

光線照著它沒有五官的臉孔。我整個身體不斷的發抖，沒辦法克制住。

我整個人僵在地上，瞠目結舌的望著這個駭人的東西，一步也動不了，只是大口喘著氣。

我努力讓自己平靜下來，深深的吸了一口腐敗的空氣，屏息以待。

木乃伊似乎還是瞪著我。

它僵硬的站著，手臂垂掛在身體兩邊。

它爲什麼會站成這樣呢？我又深吸了一口氣。

古埃及人並沒有放置木乃伊站著看守。

當我確定它不會攻擊我之後，心情稍微平靜了下來。

我對自己大聲說：「放輕鬆，蓋博！放輕鬆！」試著穩住被我緊握在手中的手電筒。

我忍不住咳了幾聲。

空氣實在太污濁、太不新鮮了。

身體的疼痛讓我忍不住呻吟，我爬起身來用手電筒不斷來回探照這個安靜、沒有臉孔的木乃伊。

我發現自己身處於一間屋頂很高的大房間裡。

比舅舅的工作人員正在挖掘的房間大多了。

而且也凌亂多了。

「哇！」我輕呼了一聲，只見微弱的燈光下出現令人戰慄的景象。我的四周竟然是一堆堆灰暗的、以麻布纏繞的東西。

偌大的房間裡滿滿都是木乃伊！

在抖動的光線照射下，它們的影子似乎正朝著我前進。

這句英文怎麼說

放輕鬆，蓋博！
Easy, Gabe.

我全身顫抖向後退了一步，我慢慢的移動光線對準這個怪異的、恐怖的景象。

光線穿過陰影，清楚照出纏繞著繃帶的手臂、軀幹、雙腿，以及被棉布遮蓋的臉部。

怎麼有這麼多的木乃伊！

有幾具木乃伊靠著牆壁站著；也有幾具躺在石板上，雙手交叉放在胸前；另外有幾具木乃伊靠在角落，有的蜷曲著、有的高高站著，它們的手臂直直往前伸，姿勢非常奇怪，很像科學怪人之類的怪物。

有一面牆靠著一排木乃伊棺木。

棺蓋都被打開了。

我轉身查看，順著光線發現自己剛才正好掉到了房間的中央。

我的背後是一排駭人的設備。那是我從來沒看過、很像耙子形狀的怪異工具、好幾捆布，還有巨大的陶瓶及罈子。

放輕鬆，蓋博！放輕鬆！

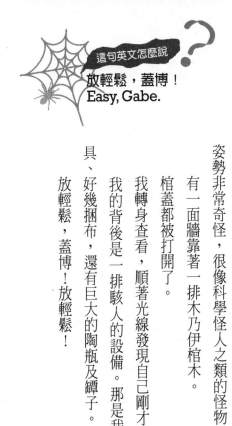

我放慢呼吸。

我勉強自己向前走了幾步，努力把手電筒握緊。

我又向前走了幾步，走向那幾大捆布，看起來很像亞麻布，都是製作木乃伊的材料。

我鼓足了勇氣，向前查看這些器具。我沒有去觸碰，只是藉著手電筒的燈光盯著看。

都是一些製作木乃伊的工具。古埃及人製作木乃伊的器具。

我向後退，轉身朝向那一群站著不動的木乃伊。

我晃動著光線照著房間每一個角落，發現地上有一塊黑色的正方形區域。好奇心驅使下，我向前走近，看到一對木乃伊，它們背對背靠著，雙手交叉放在胸前。

哇！蓋博，放輕鬆！

當我遲疑的穿過房間，走向那塊黑色方形區域時，鞋子踏在地上發出很大的聲音。

這句英文怎麼說

地上那塊黑色區域大約有一個游泳池大。

The dark square on the floor was nearly the size of a swimming pool.

地上那塊黑色區域大約有一個游泳池大，我在邊邊的角落彎下身來仔細查看。

它的表面軟軟滑滑的，像是瀝青。

這是一種古埃及的瀝青嗎？

這種瀝青是用來製作這滿屋子的木乃伊嗎？

一陣涼意從我的脊椎竄上頭頂。

怎麼可能有瀝青經過四千年之後還是如此柔軟？

爲什麼這房間裡的一切，工具、木乃伊、麻布，都保存得這麼好？

而且爲什麼這些木乃伊——至少有二十幾具木乃伊，像這樣子被放在這裡，姿勢非常怪異的分散在房間四處。

我驚覺到，我竟然意外的發現一個至今沒人發現的密室。由於從通道掉下來，我發現了一個被隱藏的房間，一個製作木乃伊的房間。我發現了四千年前製作木乃伊的所有工具以及材料。

酸臭的味道再次傳進我的鼻子。我屏住呼吸，忍住作嘔的感覺。我恍然大悟，這種味道正是來自於四千年前的屍體。這間古老的、塵封以久的房間像是忽然被打開了的瓶子，發出陣陣難聞的氣味。

盯著這些蜷曲的、灰暗的、彷彿也盯著我看的恐怖東西，我把手伸向呼叫器。

舅舅你要快點來找我，我心裡不停的祈禱。

我不想要一個人待在這裡。

你一定要立刻來！

我從皮帶拿下呼叫器，把它靠近光源。我很清楚現在唯一要做的就是按下按鈕，然後莎莉跟舅舅就會立刻出現了！

我緊握著呼叫器，手指移向按鈕，然後我發出一聲驚叫。

呼叫器竟然壞掉了，摔壞了！摔爛了！

按鈕無法按了！

一定是我掉下來撞到地板時撞壞了。

它已經沒有用了。

只剩我一個人在這下面了。
獨自和這些沒有臉的、安靜的、從深沉的陰影裡瞪視著我的古代木乃伊，待在一起。

這句英文怎麼說

它已經沒有用了。
It was useless.

14.

我孤伶伶的一個人。

我恐懼的盯著已經壞掉的呼叫器。

手電筒在我手中顫抖著。

忽然間，彷彿所有的東西都向我靠近。牆壁、天花板、黑暗以及木乃伊，都靠了過來。

「啊？」

我跌跌撞撞的向後退，又退了一步。

我驚覺自己把手電筒握得太緊，手好痛。

光線照著那些沒有臉孔的木乃伊。

這句英文怎麼說

救命！有人聽到我的聲音嗎？
Help! Can anybody hear me?

它們並沒有移動。

當然它們不會移動。

我又向後退了一步，酸臭味似乎越來越濃、越來越重。我屏住氣，但是氣味仍然跑進我的鼻孔、嘴巴裡，我嘗到了那股陳腐的氣味，四千年前的死亡氣味。

我把壞掉的呼叫器丟到地上，然後又向後退了幾步，眼睛盯著四周的木乃伊。

接下來我該怎麼辦？

這裡的氣味讓我噁心透了，我必須離開這裡，必須呼叫舅舅。

我又向後退了一步。

「救命！」我想要大叫，但是我的聲音被四周混濁腐敗的空氣包圍住了，變得非常的微弱。

「救命！有人聽到我的聲音嗎？」我又叫得更大聲一點。

我把手電筒夾在腋下，兩手圈在嘴邊做成擴音器的樣子。我大叫：「有人聽到我的聲音嗎？」

我仔細聽，迫切的想得到一些回答。

寂靜無聲。

莎莉跟舅舅到底在哪裡？爲什麼他們聽不到我的聲音？他們爲什麼沒有來找我？

「救命！有沒有人在？求求你！幫幫我！」

我使盡全力放聲大叫，抬頭對著天花板的洞，那個我掉下來的洞。

「有沒有人？」我又尖叫。

我覺得自己緊張到快要窒息，雙腿動彈不得。

一陣一陣恐慌的感覺蔓延全身，我不禁全身痙攣。

「救命啊！有沒有人？拜託！」

我又向後退了一步。

忽然有東西在我腳下發出嘎吱嘎吱的聲音。

我尖聲狂叫，向前絆了幾步。

那個東西一溜煙就不見了。

這句英文怎麼說

光線消失了。
The light went out.

我大嘆一聲，鬆了一口氣。

但是接下來我覺得有東西碰到我的腳踝。

我大聲尖叫，手電筒從我腋下掉到地上，碰的發出好大一聲。

光線消失了。

再一次，有東西悄悄的摩擦我的腳踝。

一種硬硬的東西。

我聽到地上傳來一陣輕輕的、在地上抓扒的聲響。

有東西在咬我的腳踝。

我用力把腳往外甩，但是只是一陣空踢。

「喔！救命啊！」許多奇怪的生物在我腳底下，一大群。

究竟是什麼東西？

又一次，有東西碰到我的腳踝，我一陣瘋狂亂踢。

我快要崩潰了，我彎下身在黑暗中撿手電筒。

我的手碰到一些溫暖堅硬的東西。

「天啊！不會吧！」

我大叫一聲，快速的把手抽回來。

我摸黑去撿手電筒時，感覺到整個地板都在動，地板像波浪一般上下震動，在我的腳下來回翻滾，像是水在沸騰。

終於，我摸到了手電筒，我發抖的雙手緊握住它，然後用力的打開開關。

就在我向後退的時候，有東西滑過我的小腿。

我覺得很不舒服，而且很癢。

我聽到窸窸窣窣的聲音，好像有東西到處亂跑，生物撞在一起的聲音。

我的喘氣聲越來越大，胸口悶悶的，害怕的感覺籠罩全身。我跳起來想要逃走，盲目的揮動手電筒。

我腳下傳出嘎吱嘎吱的聲音，像是有東西被踩扁。

我跳來跳去的想要把腿上的東西甩開。

終於手電筒發出一絲微光。

我的心怦怦的跳，我將微弱的黃色光線對準地板。

這句英文怎麼說

我沒有辦法救我自己。
I couldn't save myself.

我看到了在地上亂爬、亂咬的生物。

是蠍子！

我竟然掉到牠們噁心的巢穴。

「天啊！救命啊！」我大叫，可是幾乎認不出自己微弱且充滿驚嚇的聲音。

我甚至沒有察覺自己在大叫。

光線照亮這些四處亂竄亂爬的生物，牠們的尾巴向後翹，似乎隨時要發動攻擊，長長的雙螯無聲的開合。

牠們彼此爬越彼此的身體，有些還爬上我的腳踝。

「有人在嗎？救命啊！」

一隻蠍子爬上我的牛仔褲，我立刻向後跳，結果後面又有一隻蠍子的尾巴攻向我的球鞋後跟。

我奮力的想要逃離這些毒蠍子，結果卻不小心往前摔。

「天啊！不！天啊！」我沒有辦法救我自己。

我往前摔。

我揮舞著雙手卻抓不到任何東西，眼看就要跌進這些毒蠍子中間。

「不……！」

當我向前倒的時候，發出一聲恐怖的尖叫。

忽然有兩隻手從我身後握住了我的肩膀。

這句英文怎麼說

我害怕得全身發抖。
My entire body convulsed with fear.

15.

木乃伊！我心想。

我害怕得全身顫抖。

許多毒蠍子夾住我的腳。

一雙有力的手抓住我的肩膀，將我用力的向後拉。

一雙古埃及、被繃帶纏繞的雙手。

我無法呼吸，沒有辦法思考。

我逼自己向後轉。

「莎莉！」我大叫。

她又拉了我一把，我們一起向後跌，許多蠍子揮動雙螯對著我們。

「莎莉！妳怎麼會在這裡？」

我們兩個一起向後移動，移向大房間的中央。

終於安全了！起碼擺脫了噁心的毒蠍子巢。

「又救了你一命！」莎莉輕輕的對我說：「喔！這些東西眞是噁心！」

「快點告訴我發生了什麼事？」我虛弱的回答，仍然感覺得到那些醜陋的生物爬過我的腳踝，在我腳邊移動，在我腳底下被踩碎的聲音。

我想我永遠都不會忘記這可怕的聲音。

「你跑到這下面做什麼？」莎莉不耐煩的說，好像在斥責小孩似的。「我跟爸爸到處在找你。」

我拉著莎莉走到房間的中央，離毒蠍子更遠一些。我問：「妳怎麼下來的？」我想要讓自己的呼吸平復下來，努力的讓自己心跳不要跳得那麼劇烈。

她用手電筒指向一條在角落、我剛剛沒看到的通道。「我一直在找你，爸跟我走散了，你相信嗎？他竟然停下來跟一個工作人員說話，我沒有注意到，結果當我轉身的時候他人已經不見了。我看到這裡有燈光晃動，我還以爲是爸

這句英文怎麼說

這不是我的錯。
It wasn't my fault.

爸。」

「妳也迷路了？」我問，一邊用手背拭去額頭上的冷汗。

「我沒有迷路，是你迷路了。蓋博，你怎麼可以這麼不小心！我跟爸緊張得要命！」莎莉堅決的說。

「你們爲什麼不等我？我一直叫你們，你們就這樣不見了。」我也很生氣的回答。

「我們沒有聽到你的聲音。」莎莉一邊搖頭一邊回答。

我眞的很高興看到她，但是我眞的很痛恨她看我的樣子，好像我是一個完全無可救藥的白癡。

「我想我們太專注在討論事情，我們以爲你就在後面，但是當我們轉身的時候卻發現你不見了。」莎莉嘆了氣又搖搖頭說：「這是什麼日子！」

「這是什麼鬼日子！」我大聲的吼：「這是什麼爛日子！」

「蓋博，你爲什麼會走丟？我們不是應該走在一起！」

「嘿！這不是我的錯。」我不高興的回答。

「爸爸氣瘋了。」莎莉用手電筒照著我的臉。

我舉起手遮住光線：「把燈關掉。」我怒氣沖沖的說：「當他看到我發現什麼的時候他就不會生氣了，妳看！」

我用手電筒照亮蜷曲在瀝青窪坑旁的木乃伊，然後把光線移向另外一具木乃伊，這具木乃伊躺在地上，緊接著是一整排木乃伊棺木靠著牆直立著。

「哇！」莎莉嘴巴張得大大的，發不出任何聲音，眼睛也因爲驚訝而睜得圓圓的。

「是的，哇！」我盡量讓自己的聲音聽起來很平常，「這個房間都是木乃伊，而且有各種工具、布料，以及製作木乃伊所需要的器材。所有的東西都保存得非常好，好像數千年來都沒有人碰過。」我的聲音掩不住興奮，忍不住加了一句：「這些全都是我發現的。」

莎莉說：「這些一定是他們準備進行葬禮、製作木乃伊的地方。」莎莉的目光從一具木乃伊轉向另一具木乃伊。「但是他們有一些爲什麼站立成那個樣子？」

這句英文怎麼說

你要出名了。
You're going to be famous.

我聳聳肩說：「問倒我了。」

她走過去欣賞一捆捆摺疊好的亞麻布。「喔！眞的是太奇妙了！蓋博。」

「實在是太驚人了！」我附和著說：「如果我剛剛沒有停下來繫鞋帶，可能永遠都不可能發現這些東西。」

「你要出名了。」莎莉露出一個燦爛的微笑，「不過，要感謝我救了你一命。」

「莎莉……」我實在受不了她。

莎莉開始越過房間欣賞起一具直立的木乃伊，突然間她的聲音變得跟我一樣興奮。「我們等爸爸過來這裡。」

「我們必須立刻呼叫他。」我急切的說，說完我向後看了一下蠍子巢，驚恐的感覺從背後竄到了後頸。

「以前的人好嬌小喔！」莎莉舉起手電筒照著木乃伊被麻布纏繞的臉。「你看，我比這個木乃伊高。」

「莎莉，趕快用妳的呼叫器。」我不耐煩的走向她。

「噁！這具木乃伊臉上有蟲在爬。」莎莉邊說邊向後退，並且把手電筒放下

來，她做了一個噁心的表情。「眞噁心！」

「快點啦！用妳的呼叫器，叫舅舅過來。」我又催了她一次，並伸手去拿她腰上的呼叫器，但是她把我推開。

「好啦！好啦！不過你爲什麼不用你的？」莎莉狐疑的看著我，「你是不是忘了你也有一個呀。」

「才不是呢！我掉到這裡的時候把呼叫器摔壞了。」我語氣不太好的回答。

莎莉做了一個鬼臉後，把她的呼叫器從腰帶上拿下來。我用手電筒對著呼叫器，看著她按下按鈕。她按了兩次以防萬一，然後再將呼叫器繫回牛仔褲的腰帶上。

我們各自雙手抱胸等待舅舅，希望他能循著訊號趕快找到我們。

「不應該會這麼久才對。」莎莉一邊說，一邊盯著通道的轉角看：「爸爸應該在不遠的地方啊。」

果然不錯，沒多久我們聽見有人走近通道的聲音。

「舅舅，你看我發現了什麼！」我興奮的大叫。

這句英文怎麼說

你看我發現了什麼！

Look what I've found!

莎莉跟我一起跑向通道，手電筒隨著我們晃動，光線也對著通道入口上下搖曳。

「爸爸，你絕對不相信……」莎莉搶先開口。

她停了下來，當她看到一個彎著身的身影從黑暗處走了出來，在我們前面站定，我們兩個都驚訝得說不出話。我們手電筒的光線照著他留著小鬍子的臉，讓他的臉看起來更加的詭異。

「怎麼是阿翰！」莎莉緊抓著我的手臂大叫。

16.

我用力的吞了一口口水。

莎莉跟我互相看著對方說不出話，看得出來她的表情非常害怕。

阿翰。

他曾經企圖綁架我們，而現在竟然只有我們三個在這下面。

他向我們靠近了幾步，一隻手高高舉著燃燒的火把，他的黑髮在搖曳的火光照射下閃閃發亮，雙眼充滿威脅的瞪著我們。

「阿翰，你來這裡做什麼？」莎莉緊緊抓著我的手臂，我不禁向後退縮。

「你們下來這裡做什麼？」他輕輕的問，聲音跟他的眼神一樣冰冷。

他高舉著火把踏進了房間，雙眼環顧四周好像在檢查一切，好確定沒有任何

這句英文怎麼說

我爸馬上就會過來的。
My dad will be here in a second.

東西被移動過。

「我爸馬上就會過來的，剛剛我已經呼叫他了。」莎莉發出警告。

「我試著警告過妳爸爸了。」阿翰一邊說一邊緊盯著莎莉，火把搖曳著橘色火光，讓阿翰的臉看起來更明亮也更蒼白。很快的，他又退回黑暗中。

「警告過他？」莎莉問。

「有關詛咒的事。」阿翰的聲音冷冰冰的。

「舅舅曾經跟我提到有關詛咒的事。」我焦慮的看了莎莉一眼後說，「我想他並沒有認真看待詛咒這一類的事。」

「他應該相信的。」阿翰咬牙切齒的回答，他的眼睛在火光照耀下發出強烈的怒氣。

我和莎莉靜靜的看著阿翰。

我只是一直想，舅舅到底人在哪裡？

究竟什麼事情耽誤他？

快點啊！我在心裡默默祈禱舅舅快點來。

「詛咒一定會實現。」阿翰又輕聲的說了一遍，語調非常哀傷，「我別無選擇，誰叫你們闖入祭司的房間。」

「祭司？」我結結巴巴的問。

莎莉仍然緊抓著我的手臂，我用力將她的手拉開，於是她把雙手緊緊交叉抱在胸前。

「這間房間屬於卡哈拉祭司。」阿翰一邊說一邊放低了火把。「這間房間是卡哈拉祭司準備祭祀用的，你們竟然跑進來褻瀆了它。」

「但是我們並不知道啊，」莎莉立刻回答。「阿翰，我真的看不出來有什麼大不了的！」

「莎莉說的沒錯，我們並沒有碰任何東西，也沒有搬動任何物品，我不認爲……」我也緊接著說。

「閉嘴，你們這兩個笨蛋！」阿翰忽然大聲怒罵，他怒不可遏的揮舞著火把，看起來恨不得揍我們一頓。

「阿翰，我爸很快就會趕過來。」莎莉又重複了一遍，聲音微微顫抖。

這句英文怎麼說

你是怎麼嚇他們的？
How did you frighten them?

我們兩個同時將目光轉向通道，仍然沒有任何動靜。

還是沒有班舅舅的蹤影。

「你爸爸是一個聰明人，可惜他還是不夠聰明到注意我的警告。」阿翰說。

「警告？」莎莉不了解的問。

我明白莎莉故意在拖延時間，引誘阿翰多說一點，直到舅舅趕來。

「我嚇了兩個工作人員。」阿翰向莎莉承認：「我故意嚇他們，好讓你爸爸明白詛咒眞的存在，我已經準備好要實踐卡哈拉的遺願。」

「你是怎麼嚇他們的？」莎莉又問。

阿翰笑了笑說：「我只是爲他們做了一點小小的示範，讓他們看看被活生生煮沸會是什麼樣的感覺。」他目光一轉，看向那潭瀝青，然後又很快的加了一句：「他們顯然不太喜歡我的示範。」

「但是，阿翰……」莎莉試圖再找話題。

他打斷她的話。「妳爸爸應該知道最好不要再回來這裡。他應該相信我，他應該相信祭司的詛咒，卡哈拉祭司詛咒所有進入他祭壇的人。」

「拜託！你不會眞的相信……」我立刻接著說。

他威脅性的舉起火把。「這是卡哈拉祭司超過四千年的諭旨，這間神聖的房間不容許任何人闖進。」阿翰大聲說著，他激動的揮舞著火把，在黑暗中留下一道橘色的光束。「從那個時候起，一代接著一代，卡哈拉的後代子孫嚴格監督著祭司的諭令，不能被任何人破壞。」

「但是，阿翰……」莎莉大聲說。

「現在傳到我這一代。」他繼續說，不管莎莉，不理會我們兩個，一邊說一邊盯著天花板，好像直接對著天上的祭司宣示。「現在輪到我，身爲卡哈拉的後代，我有責任確定詛咒確實被執行。」

我看著阿翰身後的通道，還是沒有舅舅的蹤影。

他正趕過來嗎？莎莉的呼叫器到底有沒有效？是什麼事情耽誤了他？

「我自願爲你爸爸工作，以確定卡哈拉的神聖殿堂沒有被破壞。」阿翰又說，火光搖曳的陰影照著阿翰猙獰的面孔，「他既然不把我的警告當一回事，我就必須有所行動。我嚇了兩個工作人員，然後計畫把你們兩個帶走藏起來，直到他同

這句英文怎麼說

那是什麼意思？
What does it mean?

意停止挖掘工作爲止。」

他將高舉火把的手慢慢放了下來，滿臉悲傷的表情。「現在我別無選擇，我必須維護古埃及卡哈拉的詛咒。」

「但是，那是什麼意思？」莎莉忍不住高聲說。橘色的火光清楚照著她驚嚇的表情。

「什麼意思？」阿翰重複莎莉的話，他揮舞著火把對我們說：「看看你們的四周。」

我們立刻轉身快速的環顧四周，但是還是不懂他的意思。

「木乃伊。」他解釋道。

我們仍然不了解。「跟木乃伊有什麼關係？」我結結巴巴的問。

「這些人都是誤闖了祭司的聖殿。」阿翰爲我們解答，臉上露出一抹微笑，應該說是驕傲的笑容。

「你是說……他們不是古埃及時代留下來的？」莎莉驚恐的大叫，她嚇得舉起雙手摀著臉。

「只有其中一部分。」阿翰回答，他的臉上仍然掛著駭人的笑容，冷酷無情的笑容。

「他們有一些是古埃及的闖入者，有些是最近的，但是他們都有一個共通點，他們都成爲詛咒的犧牲者，而且都是活生生的被製成木乃伊。」

「不！」我不由自主的高聲尖叫。

阿翰不管我的驚嚇反應繼續說：「那一個是我執行的。」他指向一具站在瀝青潭角落僵硬直立的木乃伊。

「天啊！好恐怖！」莎莉大叫。

我滿懷著希望，注視著阿翰身後的通道入口，但是仍然沒有舅舅的身影。

阿翰大聲宣布：「今天我又必須再次執行，今天將會有新的木乃伊，卡哈拉將有新的祭品。」

「不，你不能這麼做！」莎莉緊張的向後縮。

我抓住她的手。

一陣恐怖的感覺蔓延全身，我終於完全明白了，我明白了爲什麼有一些木乃

這句英文怎麼說

所有的工具。
All of the tools.

伊保存得那麼好。

他們是新的。

所有的工具、瀝青、麻布……全部都是卡哈拉後代所使用的，而阿翰也是其中之一。從卡哈拉時代起，任何闖進密室的人……也就是闖進我們站的這間密室的人，都會被製成木乃伊。

而且是活生生的。

現在我跟莎莉也要被製成木乃伊了。

「阿翰，你不可以這麼做！」莎莉大叫，她放開了我的手，生氣的握緊了拳頭。

「這是卡哈拉的遺願。」阿翰輕聲回答，他的黑眼珠在火光照耀下發出一陣殺氣。

我看到他另外一隻手拿出一把匕首，刀刃閃耀光芒。

阿翰邁開大步快速向我們逼進，莎莉和我害怕得只能往後退。

17.

阿翰一步一步的逼進，莎莉跟我不斷向後退，退到了房間中央。

我心裡想，趕快跑。

我們可以跑離開這裡。

我的目光焦躁的搜尋著，希望能找到一條出路。

但是我們無路可逃。

角落的通道似乎是唯一的出口，然而我們必須穿過阿翰才能到達那裡。

我看著莎莉，她瘋狂的按著腰上的呼叫器，她轉頭看著我，表情因爲害怕而緊繃。

「啊——！」當我背後撞到一個東西時，我大叫了一聲。

這句英文怎麼說

他沒有辦法同時抓到我們兩個。
He can't get both of us.

我轉身盯著一具被麻布纏繞的木乃伊面孔。

我深呼吸了一口氣，跌跌撞撞的往後退。

「我們一起跑到通道。」我小聲的對莎莉說。我喉嚨又乾又緊，幾乎聽不到自己的聲音，「他沒有辦法同時抓到我們兩個。」

莎莉看著我，一臉困惑，我不知道她到底有沒有聽清楚我在說什麼。

「這裡是沒有辦法逃出去的。」阿翰輕聲的說，好像知道我們在想什麼。「你們是沒有辦法逃出卡哈拉的詛咒的。」

「他要殺我們了！」莎莉驚叫。

「你們褻瀆了他神聖的祭壇。」阿翰高高舉起火把，另一隻手則握住腰際的匕首。

他又向前了幾步。「我昨天看到你爬進神聖的大理石棺，看到你們在卡哈拉不可侵犯的祭壇嬉鬧，於是我知道，是我該執行神聖責任的時候了，我……」

忽然，有東西從房間天花板掉了下來，我跟莎莉同時大叫。

我們三個人同時向上看，只見一條繩梯從我掉下來的洞口垂了下來，繩梯來回晃動，越垂越低，幾乎碰到了地板。

「你們兩個在下面嗎？我要下來了！」舅舅從上面對我們大喊。

「舅舅，不要！」我立刻回答。

但是他已經順著繩梯爬下來，非常快速，繩梯在舅舅體重的拉扯下幾乎沒有晃動。

舅舅下到半空中，他停下來看了看房間的情形後高聲問道：「這究竟是怎麼一回事？」眼光不斷來回掃視房間內令人瞠目的景象。

然後他看到了阿翰。

舅舅驚訝的大聲問道：「阿翰，你在這裡做什麼？」他快速的向下爬，到最後三個階梯的時候，直接跳到地上。

「我只是要實踐卡哈拉的遺願。」阿翰冷冷的回答，他面無表情的瞇起眼睛。

「卡哈拉？古埃及祭司？」舅舅困惑的皺著眉頭。

「他想要殺了我們！」莎莉高喊，她跑到舅舅身邊，雙手環抱著他的腰際。

「爸，他想要殺了我們，然後把我們製成木乃伊。」

這句英文怎麼說

你是一位科學家，而我也是。
You are a scientist, and so am I.

舅舅抱著莎莉，並對著阿翰質問：「這是真的嗎？」

「博士，這間密室被褻瀆了，現在輪到我執行這個詛咒。」

舅舅雙手扶著莎莉發抖的肩膀，然後輕輕的把她拉到一邊，再慢慢一步一步的走向阿翰。

「阿翰，讓我們先離開這裡再慢慢討論。」舅舅對他伸出右手，想要用友情軟化他。

阿翰向後退了一步，威嚇似的舉起火把。「祭司的詛咒是不可違抗的。」

「阿翰，你是一位科學家，而我也是。」舅舅的聲音相當平靜，我簡直不敢相信他會如此冷靜。我想這是舅舅強裝出來的。

情況這麼緊張，我們是如此的危險。

但是舅舅在這裡，我的心情稍微平靜下來，我知道他能夠處理阿翰的事，然後帶我們離開這裡——活著離開。

我安慰的看著莎莉，她全身緊繃，直視前方，緊張的咬著下唇，注視著舅舅接近阿翰。

「阿翰，放下火把。」舅舅一邊遊說，一邊張開雙手，「拜託你，放下匕首，讓我們以科學家對科學家的方式好好坐下來討論。」

「要討論什麼？」阿翰冷冷的說，他若有所思的看著舅舅，「卡哈拉的詛咒一定要被執行，這個諭令已經持續四千年了，我們沒有什麼好討論的。」

「我們以科學家對科學家的方式來討論。」舅舅又重複一遍，他回敬阿翰的目光像是向他挑戰。「這個詛咒屬於古埃及時代，卡哈拉已經離開好幾個世紀了，也許現在是解除這個詛咒的時候了。放下你的武器，阿翰，讓我們好好討論一下，以科學家對科學家的方式。」

我心想，應該會沒事的，我放鬆的呼了一口大氣。一切會沒事的，我們將會平安的離開這裡。

不料阿翰卻忽然快速向前跨出幾步。

沒有任何警告，沒有說一句話，他將手臂縮回來，雙手緊緊握住火把的底座，猛力擊向舅舅的頭。

火把打到舅舅側臉的時候，發出一聲巨響。

這句英文怎麼說

我知道，我們完了！
I knew we were doomed.

橘色的火焰在半空飛舞。

明亮的火星在空中迴旋。

舅舅慘叫了一聲，雙眼因爲驚訝而凸了出來。

除了驚訝還有劇痛。

火焰並沒有燒到舅舅，但是火把卻把他擊倒了。

他膝蓋一軟跪了下來，然後閉上眼睛，無力的跌坐在地上。

阿翰高舉著火把，雙眼閃耀著興奮及勝利的光芒。

我知道，我們完了！

18.

「爸！」莎莉連忙跑向舅舅，跪在他的身邊。

但是阿翰立刻拿起火把走向莎莉，另一隻手握著匕首，逼得她不斷後退。

在昏暗的火光照射下，只見舅舅的臉頰上淌著一些血。他在呻吟，不過卻沒有動。

我快速瞥了房間裡四散的木乃伊，實在很難相信我們很快將變成其中一具。

我在心裡想像跳到阿翰身邊，把他擊倒；想像自己奪下火把，在他面前晃動，強迫他站在牆邊，然後我們就可以逃走了。

但是在眼前他的匕首刀鋒閃著一股殺氣，好像在警告我們千萬不要輕舉妄動。

這句英文怎麼說

我們必須等它燒到沸騰。
We must wait for it to boil.

我心想，我不過是個小孩。

幻想自己可以擊倒一個手拿匕首的大人，根本是太瘋狂了！

的確，這一切都太瘋狂了！

這樣的情景不止瘋狂，而且恐怖至極。

我忽然好想吐，胃緊張的收縮，腦袋一陣暈眩。

「放我們走……立刻放我們走！」莎莉對著阿翰大叫。

出乎我的意料，阿翰忽然把手中的火炬丟向房間的另一頭。

火把「噗」的一聲，輕輕掉在房間中央的瀝青潭裡，轉眼間瀝青的表面燃燒了起來。火焰一下子就蔓延開來，熊熊的火花朝向天花板燃燒，不久整個正方形的瀝青潭都燃燒起來。

我看著這個不可思議的景象，瀝青在橘紅色的火焰燃燒下，燒得霹啪作響。

阿翰平靜的說：「我們必須等它燒到沸騰。」搖曳的火光將跳躍的陰影映照在阿翰的臉以及衣服上。

房間漸漸充滿濃煙，我跟莎莉忍不住一直咳嗽。

阿翰蹲了下來，抓住舅舅的肩膀，拖著舅舅穿過房間。

「放開他！」莎莉尖叫著，發狂似的跑向阿翰。

我看她想要試著跑過去打阿翰。

我抓住她的肩膀把她拖了回來。

我們打不過他的，他已經把舅舅打到失去意識，我們根本不知道他又會怎樣對付我們。

我緊緊抓住莎莉，盯著阿翰，他到底打算要做什麼？

沒有多久，答案就揭曉了。

他以驚人的力量，將舅舅拖過地板，走向一具立在牆壁旁的木乃伊棺木，然後把舅舅從一邊抬起來塞進棺木。幾乎在同一時間，阿翰就把棺蓋蓋上，將失去意識的舅舅關了起來。

然後他轉向我們。

「你們兩個，進去那一具棺木。」他指向另外一具放置在舅舅旁邊的一個檯座上、非常巨大的木乃伊棺木，這具棺木幾乎跟我一樣高，至少有十呎長，想必

這句英文怎麼說

我抓住她的肩膀把她拖了回來。
I grabbed her shoulders and held her back.

是用來放置要作成的木乃伊以及它所有的陪葬物。

莎莉不放棄，繼續央求著：「放我們走！放我們離開這裡，我們不會告訴任何人發生了什麼事，眞的！」

「請你們快點進棺木。」阿翰一副很有耐心的樣子說：「我們必須等到瀝青燒滾。」

「我們是不會進去的！」我說。

我全身都在發抖，覺得緊張到自己的血管都快爆炸了，我甚至不知道自己在說什麼，我害怕到連自己的聲音都聽不到。

我看了看莎莉，她將兩隻手交叉放在胸前，一副不怕死的樣子，儘管她的站姿看起來很勇敢，我還是察覺到她的下巴在顫抖，她的眼淚快流了出來。

阿翰又說了一遍：「快進去棺木，去接受你們的命運吧！卡哈拉是不會等你們太久的，這個古埃及的詛咒會在他偉大的名下被執行。」

「不！」我生氣的大吼。

我踮著腳，看著那具巨大的木乃伊棺木，裡面傳來一陣酸味，我幾乎要吐了。

棺木是用木頭做的，表面已經剝落，有許多髒污在上面，幾乎都已經變形。

在微弱的光線下，我看到至少有幾十隻的昆蟲在裡面爬。

「你們立刻進棺木去！」阿翰命令道。

這句英文怎麼說

你們立刻進棺木去！
Get into the case now!

19.

莎莉從一邊爬了進去，彎著腰進到老舊的木乃伊棺木。她做什麼事都想搶第一，可是這一次我完全不介意。

我一隻手放在已經腐朽的木頭棺木上，心裡猶豫著到底要不要進去。

我看了一眼旁邊那具舅舅在裡面的棺木，那具棺木是用石頭做的，厚重的棺蓋蓋著，緊緊的密不透風。

舅舅在裡面有沒有空氣？

我在一邊不由得感到害怕，他能不能呼吸？

我忽然覺得很沮喪，這又有什麼差別呢？反正我們三個都快死了，我們三個都要被製成木乃伊，永遠被鎖在這間密室裡。

「進去，快點！」阿翰一雙黑眼珠瞪著我。

「我只是個小孩啊！」我大喊，我不知道怎麼會說出這些話，我太害怕了，我根本不知道自己在說什麼。

阿翰的臉上出現一種譏諷的表情。

他說：「很多法老都是在你這樣的年紀死去的。」

我想讓他繼續說話，我想如果能讓他繼續談話，說不定我們就有機會逃出去。

但是我想不出來能再說些什麼，我的腦袋一片空白。

「趕快進去！」阿翰命令我，發狂似的推著我。

我徹底絕望了。

我一腳踏進腐舊的棺木，跳了進去坐在莎莉旁邊。

她垂著頭，雙眼緊閉，我想她是在祈禱。當我碰她肩膀的時候她都沒有張開眼睛。

棺木慢慢的被關上了，我看到的最後一幕是瀝青的火焰熊熊燃燒，然後棺木

這句英文怎麼說

我只是個小孩啊！
I'm just a kid!

就完全關上，將我們帶進全然的黑暗之中。

莎莉在棺木被關上幾秒鐘之後小聲對我說：「蓋博，我好害怕。」

不知道怎麼的，她的話讓我覺得好笑，她用一種驚訝的口氣，好像感到害怕對她來說是一種新體驗。

「我已經害怕到不知道該如何害怕了！」我小聲的回她。

她緊緊抓著我的手，她的手比我的還濕冷。

「他已經瘋了！」她輕輕說。

「是啊！我知道。」我握住她的手回答。

「我想這裡有蟲子，我可以感覺到牠們在我身上爬。」莎莉聳了聳肩說。

「我也是。」我回答。

我發現我開始磨牙，當我焦慮的時候我就會這麼做，而現在我想世界上沒有人會比我更緊張的了。

「可憐的爸爸！」莎莉說。

棺木裡頭的空氣越來越潮濕悶熱。我試著不去理會裡頭噁心的氣味，但是氣味還是鑽進我的鼻孔，甚至嘴巴裡也嘗到了腐爛的味道。我得屏住氣才能忍住想吐的感覺。

「我們會窒息，死在這裡。」我難過的說。

「他會在我們窒息之前殺了我們。」莎莉忽然發出哀號，「喔！」我聽到她拍打手臂上蟲子的聲音。

我對她說：「也許還會有什麼事發生。」我腦子裡一片空白，不曉得該再說些什麼，我無法思考。

一切暫停。

「現在我滿腦子想的全都是阿翰會怎樣將我的腦從鼻孔拉出來。」莎莉哀叫，「都是你，你爲什麼要告訴我這些！」

我花了一陣子想該如何回答。然後我能說的只有一句「對不起」。我漸漸無法思考，只覺得頭暈目眩。

「我們不能只是坐在這裡，我們必須想辦法逃走。」我說。

我想甩掉那濃厚的酸臭味。

這句英文怎麼說

你為什麼要告訴我這些！
Why did you have to tell me that!

「嗯？怎麼做？」

「我們想辦法把棺蓋推開，也許我們兩個一起推……」我說。

我小聲數到三，我們兩個一起用手抵著棺蓋，用盡所有的力氣往外推。

但是棺蓋完全文風不動。

莎莉難過的嘆了一口氣，說：「也許他把蓋子上鎖了，或者是放了一些重物在棺蓋上。」

「也許吧！」我也覺得非常沮喪。

我們在黑暗中坐了一陣子。

莎莉的呼吸聲越來越沉重，她好像在啜泣。我也感覺到自己的心跳越來越劇烈，好像快跳了出來。

我腦海裡又浮現阿翰用長長的勾子把我的腦從鼻孔挖出來的景象。我逼自己不要想，但是畫面在我腦海揮之不去。

我想起兩年前萬聖節扮成木乃伊的樣子，想起自己如何在朋友面前拆掉一身裝扮。

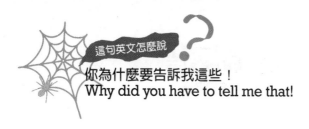

現在我只知道我很快就會被裹上木乃伊的繃帶，而且永遠不需要拆掉了。

時間一分一秒的過去。我不知道過了多久。

我發現自己盤著腿坐，兩條腿都麻了，於是我把雙腿伸直。這具棺木非常大，如果我跟莎莉願意的話，我們能躺下來。

但是我們太緊張害怕而無法躺下來。

我忽然聽到一陣爬動的聲音。

好像是有什麼東西很快的爬進木乃伊棺木。

一開始我以爲是莎莉，但是她冰涼的手正抓著我的手，我知道她就在我面前沒有移動。

我們兩個仔細聆聽。

有東西靠近我們，有東西就在我們旁邊，從棺木旁邊擠進來。

木乃伊？

有一具木乃伊跟我們一起在棺木中？

它在移動？

這句英文怎麼說

我聽到一陣呻吟。
I heard a soft groan.

我聽到一陣呻吟。

莎莉緊緊抓著我的手臂，太痛了，於是我尖叫一聲。

又有一陣聲音，越來越近。

「蓋博……蓋博！有個東西和我們一起在棺木裡……」莎莉聲音微弱的說。

20.

那不是木乃伊，我告訴自己。

不可能是。

是蟲子。一隻非常大的蟲子，爬過棺木的底板。

不是木乃伊，絕對不可能是木乃伊。

這句話不斷在我心裡重複著。

我也沒有太多時間去想，因爲無論它是什麼，它已經越來越接近了。

「嘿！」有人在輕聲叫我們。

我跟莎莉連忙向後退。

「你們在哪裡？」

這句英文怎麼說

我真不敢相信！
I don't believe it!

我們立刻認出這個聲音。

「舅舅！」我大叫。我用力吞了一口口水，興奮的心噗通噗通的跳。

「爸！」莎莉越過我撲向她的爸爸。

「但是……舅舅你是怎麼進來的？」我結結巴巴的說。

「很容易。」舅舅一隻手安慰的握住我的肩膀。

「爸！我真不敢相信！」莎莉嗚咽的說。在黑暗中我看不清楚，但是我想莎莉在哭。

「我沒事，我很好！」舅舅重複了好幾次，想要讓她平靜下來。

「你是怎麼從那具棺木出來，又怎麼進來這邊的？」我問，我完全被搞糊塗了，也覺得非常驚訝。

「有一個小的出口。棺木還有一個小開口和門板，古埃及人在木乃伊棺木做了許多小的開口，目的是讓亡者的靈魂可以離開。」舅舅向我們解釋。

「哇！」我不知道該說什麼。

「阿翰太急著想要執行古代咒語，而忽略掉這些小細節。」舅舅一邊解釋，

一邊又把手放在我的肩上，「來吧！你們跟著我。」

「可是阿翰在外面。」我說。

「沒有。」舅舅立刻回答：「他離開了，我離開棺木的時候看了一下，到處都找不到他，也許他到其他地方等瀝青燒到夠熱，也或許他決定就把我們留在棺木中窒息死亡。」

我感覺到有一隻蟲子在我腿上爬，我用力拍打，想要把蟲子從我牛仔褲裡面抓出來。

「我們走吧！」舅舅說。

他在這具巨大的木棺裡轉身時咕噥了一聲，然後我聽到他爬到棺木的背面。

當他推開一個隱藏在棺木後面的暗門時，我看到一道小小方型的光線，眞的是一個非常小的門，大小只夠我們鑽出去。

我隨著班舅舅和莎莉離開了棺木，用力爬出隱藏的小門，然後鑽出來落在房間的地板上。

我花了一點時間才適應房間的光線。

這句英文怎麼說

我花了一點時間才適應房間的光線。
It took a while for my eyes to adjust to the brightness.

火紅的火焰仍然在起泡的瀝青潭跳躍著，讓整個房間閃耀著一種奇怪的藍色光芒。房間內的木乃伊仍然像之前一樣僵立在房間四周，火焰的陰影在它們被麻布纏繞的臉上晃動。

當我的視線逐漸清晰後，我看到舅舅頭上有一個很大的傷口，一道乾涸了的血跡留在他的臉頰上。

「在阿翰回來之前我們快點離開。」舅舅小聲的說。他站在我們之間，把手放在我們的肩膀上。

莎莉臉色蒼白，還在發抖似的，她的下嘴唇因爲咬得太用力而流血。

舅舅帶我們朝著房間中央的繩梯走過去，但是他忽然停下來。「不行，這樣太花時間了！」他想了想對我們說，「來吧！從通道離開，快點！」

我們跑向轉角的通道，我往下看，發現我可惡的鞋帶又鬆了，但是我絕對不會再停下來綁鞋帶了！

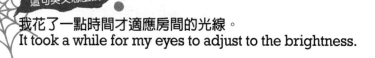

我們要趕快離開這裡。

幾秒鐘之前，我放棄了所有的希望。但是現在，我們已經逃出木乃伊棺木，要重獲自由了。

就在我們距離通道只剩下幾步路的時候，通道口突然充滿了橘光。

然後，阿翰出現了，他拿著一把新的火炬，在火光的照耀下，他一臉吃驚的表情。

「不！」莎莉跟我同時大叫。

我們在他面前停了下來。

阿翰沉著、平靜的說：「你們不能逃走！」他的表情轉成憤怒，「你們也逃不掉！」

他將火把指向舅舅，把舅舅逼得向後退摔倒在地上。舅舅倒在地上手肘撞到地板，痛得叫了一聲。

他的叫聲讓阿翰臉上出現一抹得意的微笑。

「你們讓卡哈拉生氣了！」他大聲說道。他將火把高高舉在頭上，另一隻手握著腰際上的匕首。「你們三個不會和其他褻瀆者一樣被放進密室裡了。」

呼！我鬆了一口氣。

阿翰終於改變心意，他不會把我們製作成木乃伊了。

「你們三個就在瀝青潭中領死吧。」他高聲說道。

我跟莎莉害怕的交換了眼神，舅舅站了起來，用雙手護著我們。「阿翰，我們可以平心靜氣的談一談嗎？像科學家一樣理智的坐下來談。」

「到瀝青那邊去！」阿翰命令我們，生氣的揮動火把逼我們向前。

「阿翰，拜託！」舅舅的語氣充滿了驚恐，我以前從來沒有聽過。

阿翰不管舅舅的哀求，不斷的揮著火把和匕首在後面逼迫我們，逼我們走向瀝青潭的邊緣。

瀝青冒著熱騰騰的泡泡，發出噁心的滾動聲，表面上的火燄低低的、一片炙紅。

我向後退了一步，瀝青聞起來好臭，而且燃燒出來的蒸氣很燙，將我的臉燒得很痛。

「現在，你們一個一個跳下去。」阿翰說。

我們看著眼前冒著泡泡的瀝青，阿翰就站在我們身後幾步。「就算你們不跳，

這句英文怎麼說

你們讓卡哈拉生氣了！

You have made Khala angry.

我也會逼你們跳。」

舅舅又試著說服阿翰：「阿翰，我們……」但是阿翰拿著火把在後面逼舅舅向前。

「現在輪到我了！榮耀的執行卡哈拉的遺願。」阿翰神情肅穆的說。

瀝青的火焰猛烈的燃燒著，我覺得我快昏倒了，火焰不斷衝向我面前，我覺得暈頭轉向。

我把手伸進牛仔褲口袋，讓自己鎮定一點，然後我的手碰到一個東西，我幾乎把它給忘了。

我的召喚者。

我隨身攜帶的小木乃伊手。

我不知道爲什麼——也沒有想得很清楚，但是我拿出了小木乃伊手。

我將它快速旋轉高高舉起。

我無法解釋我心裡到底在想什麼。

我太害怕，太驚恐了，我心裡同時浮現許多種可能。

這句英文怎麼說

現在輪到我了！
It has come to me.

也許我是想用木乃伊手把阿翰驅離。

或許是想引起阿翰的注意。

或許是想干擾他。

或許是想嚇他。

也許我想爭取一點時間。

也或者是我在無意識之下，想起當時那個賣東西給我的男孩所說的傳說。

它以前是如何用來召喚古埃及人的靈魂以及神祇。

也或許我什麼也沒想。

反正我就是抓著它細長的手腕不停的旋轉，把木乃伊手高高舉起。

我等待著。

阿翰盯著我。

然而什麼事也沒發生。

21.

我等待著，像是自由女神像一樣，高高舉著我的小木乃伊手站著不動。

看起來像是我會這樣子站上好幾個小時。

莎莉跟舅舅盯著我的手。

阿翰拿著火把的手慢慢放了下來，瞄了一下我的木乃伊手，然後他忽然張大眼睛，驚訝得嘴巴半開著。

他大叫了一聲，我完全不知道他在說什麼，那是一種我完全沒有聽過的語言，可能是古埃及語。

他向後退了幾步，臉上驚訝的表情變成恐懼。

他大叫：「那是祭司的手。」

這句英文怎麼說

莎莉也被嚇得驚叫了出來。
Sari uttered a low cry.

至少我是聽到他這麼說的，因爲我被他背後發生的事情分散了注意力。

莎莉也被嚇得驚叫了出來。

我們不可置信的越過阿翰的肩膀瞪著眼前的情景。

一個靠牆站立的木乃伊竟然向前傾，另外一具躺在它後面的木乃伊也慢慢的坐了起來。

「天啊！」我大叫，仍然高高舉著木乃伊手。

莎莉跟舅舅驚訝的張大雙眼，只見整間房間的木乃伊都動了起來，所有的木乃伊竟然都咕噥著活了過來。

空氣中充滿著古埃及塵埃的腐敗味道。

在火光下，我看著木乃伊一個接著一個的站了起來，它們伸直被麻布纏繞的手，慢慢的、看起來很痛苦的移動。

木乃伊慢慢的，蹣跚僵硬的往前移動。

我看著眼前的景象，不禁詫異得僵住了。木乃伊爬出棺木，從地板上爬了起來，向前走踏出它們沉重緩慢的第一步，它們的肌肉發出呻吟，它們已經死亡的身體揚起了許多灰塵。

我心想，它們不是已經死了嗎？

它們全部都已經死了，而且已經死了非常非常久。

但是現在它們全都站了起來，從古代棺木爬了出來，踏著沉重的步伐掙扎著向我們前進。

它們纏繞著麻布的腳摩擦著地板發出刮磨的聲音，越過房間聚在一起。

唰唰唰唰，唰唰唰唰。

這種拖著腳步的刺耳聲音，我想我一輩子都不會忘記。

唰唰唰唰，唰唰唰唰。

這一群沒有五官的木乃伊隊伍前進著，被麻布纏繞的手向前伸直，它們蹣跚的走向我們，發出唰唰唰唰的聲音，還有一種奇怪的痛苦呻吟。

阿翰看著我們臉上驚訝的表情。

當他看到木乃伊向我們前進，緩慢卻從容不迫的穿過房間，他再次用奇怪的語言大叫。

這句英文怎麼說

燃燒的木乃伊抓到他。
The burning mummy lunged at him.

然後阿翰發出憤怒的吼叫，對著在前面帶隊的木乃伊高高舉起火把。火把打到第一個木乃伊的胸部，然後彈到地上，火焰從它的胸前燃燒了起來，立刻蔓延到它的手臂以及雙腿。

但是木乃伊還是繼續向前，並沒有慢下來，完全不理會自己將要被火焰吞噬。

阿翰驚嚇得目瞪口呆，嘴裡喃喃唸著奇怪的語言，並且想要往後跑。

但是太遲了。

燃燒的木乃伊抓到他，這個古埃及來的怪物伸出燃燒的手臂抓著他的喉嚨，將他舉起來。

阿翰發出一陣驚叫，其他的木乃伊也慢慢的靠近，不斷的嗚咽呻吟，上前幫助那個正在燃燒的同伴。

它們將阿翰高高舉起來，丟向燃燒中的瀝青。

阿翰一邊扭動一邊亂踢，發出悽厲的叫聲，整個人掉進滾燙冒泡的瀝青潭。

我閉上了雙眼，瀝青潭散出一陣濃煙，我感覺自己好像被拉進蒸氣瀰漫的黑暗之中。

當我張開眼睛，只見阿翰逃向通道，他步履蹣跚、嘴巴張開、一臉驚恐。所有的木乃伊聚在潭邊，好像在享受它們的勝利。

我驚覺到自己還將木乃伊手高高舉著，於是我慢慢的將手放下，看著舅舅以及莎莉。他們站在我旁邊一臉困惑，不過也鬆了一口氣。

「這些木乃伊……」我費了好大的勁，才發出聲音。

「你們看！」莎莉指著前方說。

我順著她手指的方向，發現木乃伊都回到原來的位置了，有些靠著牆壁站，有些用奇特的姿勢站著，有些躺著。

它們看起來就像是我當初進入密室的樣子。

「啊？」我的眼睛來回的環顧房間。

它們曾經移動過嗎？它們曾經起身，向我們蹣跚前進嗎？或者一切只是我們的幻想。

不！

這句英文怎麼說

它們看起來就像是我當初進入密室的樣子。
They were exactly as they had been when I entered the chamber.

這一切不可能是我們的想像。

阿翰消失了，而我們安全了。

「我們安全了！」舅舅感激的說，雙手環抱著莎莉跟我，「沒事了！我們安全了！」

「我們終於可以離開了！」莎莉高興的大聲說道，她抱著舅舅，然後轉身對著我說：「你救了我們一命！」以她的個性，她根本說不出這樣的話，不過，她最終還是說了。

舅舅盯著我仍然握在手中的東西說：「感謝這隻木乃伊手，及時救了我們。」

我們回到開羅，在旅館吃了一頓豐盛的晚餐。還能在這裡吃飯眞是奇蹟。我們興奮的聊天，討論我們經歷的不可思議的旅程，想要找出一套邏輯讓一切變得合理。

我在餐桌上旋轉著我的召喚物。

舅舅對我笑著說：「我眞的不知道這隻小木乃伊手這麼特別！」

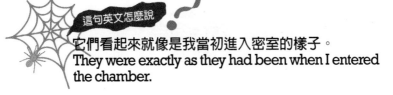

他從我手中將木乃伊手拿了過去，仔細的查看。

「最好不要隨便玩，我們必須莊重的看待它。」他嚴肅的說，並且搖了搖頭，「像我這樣偉大的科學家，也會看走眼。」他語帶諷刺的自嘲著。「當時我看到它時，心裡想這只是個玩具嘛，只是個複製品罷了，不過經過了這件事，這隻木乃伊手很可能是我最偉大的發現。」

「這是我的幸運物！」我說著把它拿了回來，小心翼翼的握著。

莎莉充滿感激的說：「你說的一點都沒錯。」

這是我聽她對我說過最好聽的話。

回到房間，我很驚訝自己立刻就睡著了，我原以爲自己會一直回想我們剛剛發生的事，但是我想一切都太刺激了，讓我精疲力竭。

第二天早上，舅舅、莎莉和我在房間吃了一頓豐盛的早餐。我吃了一盤炒蛋以及一碗玉米片。

當我吃早餐時，我還一邊玩弄著小木乃伊手。

我們三個心情都非常好，很高興我們的探險終於結束了。我們互相取笑、嬉

這句英文怎麼說

這是我聽她對我說過最好聽的話。
The nicest thing she'd ever said to me.

鬧，玩得非常高興。

吃完玉米片之後，我高高舉起小木乃伊手大叫：「哦！召喚者。」我低聲吟著：「我召喚神聖的古埃及靈魂，復活吧！再一次復活吧！」

「別鬧了，蓋博！」莎莉嚴厲的說，並伸手要拿走我手中的木乃伊。但是我的手不斷擺動不讓她拿。

「這一點都不好玩，你不應該這麼做。」她說。

「妳是膽小鬼嗎？」我嘲笑她說。我看得出來她是真的嚇到了，這讓我更想要戲弄她。

我把木乃伊手拿得離她遠遠的，並高高的舉起來，低聲吟著：「我召喚神聖的古埃及亡靈，過來我這邊，現在過來我這邊。」

這時候突然傳來一陣敲門聲。

我們三個都倒抽了一口氣。

舅舅不小心打翻了他的果汁杯，把果汁灑了一桌子。

我握著木乃伊的手停在半空中。

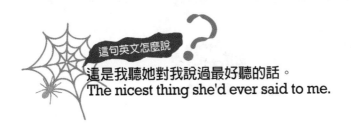

又是一陣急促的敲門聲。

接著是旋轉門把的聲音。來自遠古的聲響，纏著麻布的木乃伊用力轉動著門鎖。

我跟莎莉害怕的交換了眼神。

當房門被推開時，我慢慢的將手放下。

兩個身影進入了房間。

「爸爸，媽媽。」我大叫。

我打賭他們一定不知道我有多高興見到他們。

我好渴。
I'm really thirsty.

這是我們來這裡的原因。
That's why we came here.

這的確讓人興奮。
It was kind of exciting.

你們看到駱駝了嗎？
Do you see the camels?

我已經欣賞過了。
I've already appreciated it.

我們在旅館裡訂了一個套房。
We had a suite at the hotel.

誰打來的？
Who called?

這表示你改變心意了嗎？
Does that mean you changed your mind?

你就不能認真一點嗎？
Can't you ever be serious?

他們應該到了。
They should've been here by now.

一個高大陰暗的身影站在門口。
Standing in the doorway was a tall, shadowy figure.

我立刻就認出是你了。
I recognized you right away.

我沒有選擇的餘地。
I have no choice.

請把番茄醬拿給我。
Pass the ketchup, please.

你的鞋帶鬆了。

Your sneaker's untied.

突然間，氣溫驟降了好幾度。

The temperature dropped suddenly.

不要往下看。

Don't look down.

慢慢來。

Just take your time.

等一下。

Wait up.

今天有任何進展嗎？

Any progress today?

所有的通道都通向這間大房間。

All the tunnels lead back to this big room.

你是膽小鬼嗎？

Are you chicken?

為什麼她不回答我？

Why didn't she answer me?

她總是想要證明她比較勇敢。

She had to prove that she was the brave one.

我太害怕了。

I was so scared.

那是一具木乃伊棺木。

It was a mummy case.

一開始我以為是我在幻想。

At first I thought I had imagined it.

我倒抽了一口氣。

I uttered a silent gasp.

你不記得了嗎？
Didn't you remember?

我們今天要做什麼？
What are we doing today?

當他正要回答我的時候，電話鈴響了。
He started to answer, but the phone rang.

我們得離開這裡。
We have to get out of here.

這裡好安靜喔！
It's so quiet in here!

你猜它是男的還是女的？
Think it was a man or woman?

這都是真的。
It's all true.

我轉身看到阿翰小跑步的跟在後面。
I turned and saw that Ahmed was jogging after us.

回來！
Come back!

你們為什麼要跑？
Why did you run?

我們走錯路了！
We're going the wrong way.

我們很快就會到了。
We will be there shortly.

我們被綁架了！
We were being kidnapped.

我沒有看到他。
I don't see him.

請帶我們到開羅大飯店。

Please take us to the Cairo Center Hotel.

我不認為她是對的。

I don't think she was right.

他們發生意外了嗎？

They were in an accident?

太危險了！

Too dangerous.

我的幸運物。

My good luck charm.

我聽不到他們的聲音了。

I couldn't hear their voices anymore.

有可能。

It could be.

我聽到一些聲音。

I heard something.

我低頭看著地板。

I turned my eyes to the floor.

我聽到手電筒鏗鏘一聲撞到地板。

I heard the flashlight clang against the floor.

我在哪裡？

Where was I?

放輕鬆，蓋博！

Easy, Gabe.

地上那塊黑色區域大約有一個游泳池大。

The dark square on the floor was nearly the size of a swimming pool.

它已經沒有用了。

It was useless.

救命！有人聽到我的聲音嗎？
Help! Can anybody hear me?

光線消失了。
The light went out.

我沒有辦法救我自己。
I couldn't save myself.

我害怕得全身發抖。
My entire body convulsed with fear.

這不是我的錯。
It wasn't my fault.

你要出名了。
You're going to be famous.

你看我發現了什麼！
Look what I've found!

我爸馬上就會過來的。
My dad will be here in a second.

你是怎麼嚇他們的？
How did you frighten them?

那是什麼意思？
What does it mean?

所有的工具。
All of the tools.

他沒有辦法同時抓到我們兩個。
He can't get both of us.

你是一位科學家，而我也是。
You are a scientist, and so am I.

我知道，我們完了！
I knew we were doomed.

- 我們必須等它燒到沸騰。
  We must wait for it to boil.
- 我抓住她的肩膀把她拖了回來。
  I grabbed her shoulders and held her back.
- 你們立刻進棺木去！
  Get into the case now!
- 我只是個小孩啊！
  I'm just a kid!
- 你為什麼要告訴我這些！
  Why did you have to tell me that!
- 我聽到一陣呻吟。
  I heard a soft groan.
- 我真不敢相信！
  I don't believe it!
- 我花了一點時間才適應房間的光線。
  It took a while for my eyes to adjust to the brightness.
- 你們讓卡哈拉生氣了！
  You have made Khala angry.
- 現在輪到我了！
  It has come to me.
- 莎莉也被嚇得驚叫了出來。
  Sari uttered a low cry.
- 燃燒的木乃伊抓到他。
  The burning mummy lunged at him.
- 它們看起來就像是我當初進入密室的樣子。
  They were exactly as they had been when I entered the chamber.
- 這是我聽她對我說過最好聽的話。
  The nicest thing she'd ever said to me.

給你一身雞皮疙瘩！

魔鬼面具
The Haunted Mask

戴上它，你會從裡到外「煥然一新」！

嘉莉貝絲決定在萬聖節那天，戴上一張恐怖面具，
教訓那些愛捉弄她的同學。
然而怪事卻發生了，戴上去的面具再也拿不下來，
而她就快變成一個徹頭徹尾的醜陋怪物……

歡迎光臨惡夢營
Welcome to Camp Nightmare

有關露營的恐怖故事一一成真……

比利參加了夏令營，這是他第一次離家在外，
可怕的歡迎儀式、怪異的營地指揮官都沒有嚇到他，
但跟他一塊參加露營的人，卻一個個消失了！
黑夜裡究竟隱藏了什麼祕密，他會是下一個受害者嗎？

每本定價 199 元

雞皮疙瘩系列 04

古墓毒咒

國家圖書館出版品預行編目 (CIP) 資料

古墓毒咒 / R. L. 史坦恩 (R. L. Stine) 著 ; 為廉 譯 .
-- 2 版 . -- 臺北市 : 商周出版 : 家庭傳媒城邦分公司發行 ,
民 104.07 192 面 ; 14.8 x 21 公分 . -- (雞皮疙瘩系列 ; 4)
譯自 : The Curse of the Mummy's Tomb
ISBN 978-986-272-823-9 (平裝)
874.59 104009565

原著書名── The Curse of the Mummy's Tomb
原出版社── Scholastic Inc.
作　　者── R.L. 史坦恩（R.L.STINE）
譯　　者── 為廉
責任編輯── 劉枚瑛、何若文

版　　權── 翁靜如、吳亭儀
行銷業務── 林彥伶、石一志
總 編 輯── 何宜珍
總 經 理── 彭之琬
發 行 人── 何飛鵬
法律顧問── 台英國際商務法律事務所 羅明通律師
出　　版── 商周出版
臺北市中山區民生東路二段 141 號 9 樓
電話：(02) 2500-7008 傳真：(02) 2500-7759
E-mail：bwp.service @ cite.com.tw
發　　行── 英屬蓋曼群島商家庭傳媒股份有限公司城邦分公司
臺北市中山區民生東路二段 141 號 2 樓
讀者服務專線：0800-020-299 24 小時傳真服務：(02)2517-0999
讀者服務信箱 E-mail：cs @ cite.com.tw
劃撥帳號── 19833503 戶名：英屬蓋曼群島商家庭傳媒股份有限公司城邦分公司
訂購服務── 書虫股份有限公司客服專線：(02)2500-7718；2500-7719
服務時間：週一至週五上午 09:30-12:00；下午 13:30-17:00
24 小時傳真專線：(02)2500-1990；2500-1991
劃撥帳號：19863813 戶名：書虫股份有限公司
E-mail：service@readingclub.com.tw
香港發行所── 城邦（香港）出版集團有限公司
香港 灣仔 駱克道 193 號超商業中心 1 樓
電話：(852) 2508-6231 傳真：(852) 2578-9337
馬新發行所── 城邦（馬新）出版集團
Cité (M) Sdn. Bhd. 41, Jalan Radin Anum,
Bandar Baru Sri Petaling, 57000 Kuala Lumpur, Malaysia.
電話：(603)9057-8822 傳真：(603)9057-6622
商周出版部落格── http://bwp25007008.pixnet.net/blog
政院新聞局北市業字第 913 號

美術設計── 王秀惠
印　　刷── 卡樂彩色製版有限公司
總 經 銷── 高見文化行銷股份有限公司 客服專線：0800-055-365
電話：(02)2668-9005 傳真：(02)2668-9790

■ 2003 年（民 92）04 月初版
■ 2020 年（民 109）09 月 29 日 2 版 3 刷
■ 定價 / 199 元

ISBN 978-986-272-823-9

Printed in Taiwan
城邦讀書花園
www.cite.com.tw

Goosebumps®

Goosebumps®